LêProsa 6

Série LêProsa:

1. *a.s.a. - associação dos solitários anônimos,* Rosário Fusco
2. *BaléRalé,* Marcelino Freire
3. *Diana Caçadora & Tango Fantasma,* Márcia Denser
4. *Adorável Criatura Frankenstein,* Ademir Assunção
5. *Vitrola dos Ausentes,* Paulo Ribeiro
6. *Todo Sol mais o Espírito Santo,* Lima Trindade

Todo Sol mais o Espírito Santo

Copyright © 2005 Lima Trindade

Direitos reservados e protegidos pela lei 9.610 de 19.2.98. É proibida a reprodução total ou parcial sem autorização, por escrito, da editora.

Dados Internacionais de Catalogação na Publicação (CIP)
(Câmara Brasileira do Livro, SP, Brasil)

Trindade, Lima
   Todo sol mais o Espírito Santo / Lima Trindade. -- Cotia, SP : Ateliê Editorial, 2005. -- (LêProsa ; 6)

ISBN 85-7480-309-X

1. Contos brasileiros I. Título. II. Série.

05-7313   CDD-869.93

Índices para catálogo sistemático:
1. Contos : Literatura brasileira   869.93

Editor
Plinio Martins Filho

Projeto Editorial
Marcelino Freire

Projeto Gráfico & Editoração
Silvana Zandomeni

Capa
Marcelino Freire e Silvana Zandomeni

Todos os direitos reservados à
Ateliê Editorial
Estrada da Aldeia de Carapicuíba, 897
06709-300 – Granja Viana, Cotia, SP
Telefax 11 4612-9666
www.atelie.com.br
atelie_editorial@uol.com.br

2005
Impresso no Brasil • Printed in Brazil
Foi feito depósito legal

Lima Trindade

Todo Sol mais o Espírito Santo

Ateliê Editorial

*A
Lázaro Coutinho de Oliveira,
por tudo.*

De tudo ficou um pouco.
Do meu medo. Do teu asco.
Dos gritos gagos. Da rosa
Ficou um pouco.

Carlos Drummond de Andrade, *Resíduo*

Sumário

I
ONDE MONTEIRO LOBATO ERROU? 15
A MEIA-SOLA DO SAPATO 31
O AUTÓGRAFO 41
TODO SOL MAIS O ESPÍRITO SANTO 49
CALÇAS DE PINTOR 73

II
FIM DE LINHA 85
LUZ MORTIÇA 93
TRINTA E UM DO DOZE 103
CONTO GÓTICO 111

III
A FÉ DO RACIONALISMO 131
O ANJO LOIRO NO BAR OU
COMO ERAM BELOS OS ANOS OITENTA 133
O PECADO DE SANTA HELENA 141

I

ONDE MONTEIRO LOBATO ERROU?

para Serginho e Wilson

O carro avançava rápido. Eu me perdia naquele mar de vento que vinha da janela e sentia o rosto dormente de tão gelado. Moisés é que inventara a brincadeira. Ainda era princípio de manhã e a tia dele nos fizera carregar um monte de sacos antes de sairmos. "O grande, de pão velho colhido na padaria, você põe no porta-malas. Estes três pequenos, cheios de roupa, o Moisés pode levar no colo ou no chão, entre as pernas", indicava Luzia.

O vestígio de sono, até àquela hora impresso na cara, com as chicotadas do vento se espantou e fugiu. Às vezes eu começava a lacrimejar e os olhos se fechavam, noutras via meu amigo beber cada pedaço de nada com gula, solto à janela.

O sol queimava o verde que começava a se desfolhar. Era outono. E sábado. O cinza do concreto ia ficando para trás e, no horizonte, despontavam os picos de três pequenas e uniformes montanhas. Homens de aparência cansada, curvados pelo peso das trouxas nas costas, amarrotados, surgiam aqui e ali e iam beirando a estrada, à espera de um ônibus que lhes devolvesse o caminho de casa ou, talvez, apenas acompanhando o movimento colorido dos carros que se engrossava pouco a pouco.

A chácara ficava a sessenta quilômetros do centro da cidade, dez somente de estrada de chão. Quando por ela passávamos, tínhamos de fechar as janelas correndo por causa da poeira. Então a brincadeira mudava e ganhava quem pulasse mais alto sem tocar o teto do carro.

E íamos rompendo o dorso do vento com a cara: o nariz já vermelho e os cabelos se espalhando na cabeça e na testa.

Luzia, displicente, cantarolava uma música do Vandré. A melodia se misturava ao zunido fino do vento, ao grunhido arrastado do motor e à nossa gritaria para se transformar numa confusão irremediável, pano de fundo perfeito para a época.

Tanto eu quanto Moisés ansiávamos muito esta nossa visita à roça.

Planejáramos nossa caçada com desvelo e esperávamos realizar a maior de nossas espetaculares façanhas: entrar no Sumidouro e sair vivos.

Diante disso, escalar as paredes da linha de trem, equilibrar-se nas cercas do velho colégio, temendo cair na boca faminta de algum voraz crocodilo, ou jogar ovos podres nas janelas dos ônibus que passavam velozes no balão próximo à igreja era fichinha, café pequeno.

Logo que conheci Moisés, descobri que o perigo fora uma cláusula escrita em letras miúdas no contrato da nossa amizade. O desafio, a razão por trás de nossos jogos. Queríamos desesperadamente exibir nossa virilidade, negar a fragilidade de nossos corpos juvenis, antecipar nosso alvorecer.

Assim era no *dia da feira*. Os moleques se juntavam na praça e dividiam a cidade em zonas frutíferas e não-frutíferas. Havia as zonas que mesmo os maiores e mais fortes evitavam pegar, fosse pela brabeza dos donos dos quintais, fosse por causa da ferocidade dos cães treinados. Moisés mal me dava tempo de pensar nas possibilidades da escolha e tomava para nós as áreas menos desejadas.

Confesso não ter sido somente uma a vez em que minhas pernas bambearam. Se não fosse o Moisés, eu teria desistido de, no mínimo, a metade dessas aventuras.

Ele, porém, jamais titubeava. Eu não sabia se por valentia ou mera falta de discernimento. Sabia, no entanto, que estávamos sempre lá: correndo e suando. E sentia meu coração como que tomando o peito, o tronco e a garganta, a extremidade das mãos, as pontas dos dedos; o sangue afluindo, fugindo-me da face; a boca aberta e os dentes trincados, baforando o ar preso nos vãos.

Passado o susto, sobrevinha-me a cólera. Eu, bobo que só, tentava inutilmente me desvencilhar de sua companhia. E o chamava de louco e afirmava ter sido aquela a última vez e o culpava e me sentia um idiota, um pau mandado. E o lembrava de que tinha lhe advertido, avisado, prevenido. Eu, o previdente, os meninos sempre me chamando de "padreco", "cagão" e outras coisas mais. Ele, calado, esperando eu falar, a ira desvanecer. Aí eu sentava e esperava mudo, sem forças, até que ele jogasse o braço sobre meus ombros e me arrancasse daquela prostração com algum assunto besta, arrancado das revistinhas ou dos programas de televisão.

Que estranho carisma tinha Moisés. Os meninos da quadra o amavam. Convidavam-no para participar de seus clubes secretos e mantinham-no a par de todas suas decisões.

Comigo, era diferente. Eu era naturalmente excluído da formação desses grupos, não suportava suas pequenas violências e maldades. Os meninos que moravam em outras quadras eram para eles inimigos mortais. Se um forasteiro se atrevia a invadir o território alheio, não voltava sem marcas. Como eu abominava brigas, discriminavam-me.

Mas se o temperamento de Moisés e o meu diferiam muito nesse aspecto, uma infeliz coincidência nos aproximou e uniu: ambos perdêramos nossos pais em circunstâncias obscuras de vida. Ninguém de nossas famílias tocava no assunto e quando perguntávamos qualquer coisa obtínhamos respostas evasivas e embaraçadas. "Desapareceu no mundo. Foi comido na poeira do tempo." Alguns vizinhos, inclusive, me olhavam torcido. Seu Ferreira mesmo, numa tarde de sábado em que havia bebido no bar e cambaleava de volta para casa, deparou-se comigo e metralhou: "Filho de um comunista!" Minha mãe sentia o clima de afronta mas não se manifestava – era dar motivo para gente sem modos e princípios. Logo que se convenceu de que meu pai não voltaria, juntou o pequeno magote de livros espalhados na estante da sala e o queimou no quintal, espalhando as cinzas ao pé do abacateiro.

O caso de Moisés foi pior, reconheço. Primeiro, seus pais o confiaram a Luzia e fugiram para São Paulo. Depois, a mãe morreu assassinada, a tiros.

No primeiro ano, Luzia lhe trazia bilhetes que o pai sequer assinava. Frases curtas e borradas de um amor temerário. No segundo ano, o que já era escasso, silenciou por completo. E nem mais Luzia tocou no nome do pobre cunhado.

O carro se deteve frente à cancela.

Rulqui e Cansado chegaram fazendo festa, sacudindo os rabos. Moisés não lhes deu muita trela e seguiu determinado para a casa branca sem reboco, antigo depósito de ferramentas. Era lá que guardava os estilingues e bonecos de guerra. Tirou uma bola de meia de uma caixa e a atirou em direção ao descampado de mamoeiros. A dupla de peraltas saiu se atropelando numa disputa frenética pela primeira bocada. Moisés riu satisfeito.

— Esses cachorros são é o diabo!, seu Zezinho. Vão destruir toda a plantação — protestou Geralda, a mulher do caseiro.

— Bom dia, dona Geralda! Cadê o Tião? Tá na roça? Chama ele pra tirar as coisas do carro, faz favor — solicitou Luzia, sem lhe dar mais tempo para novas lamentações.

Geralda era uma mulher de seus quarenta e cinco anos que vivia amuada pelos cantos e gostava de contar estórias de assombração ao cair da noite, quando o frio invadia o cerrado e a audiência se reunia na cozinha cercando o fogão a lenha.

Foi numa noite dessas quando ouvimos falar pela primeira vez no Sumidouro.

Sob a luz tênue do lampião, Geralda arregalou os olhos negros e com voz gutural relatou:

Houve uma vez, aqui na região, um fazendeiro que era dono de terras muito ricas e queria um filho. Cansado de procurar e não achar mulher que o agradasse, ele, a custa do perdão de uma dívida, convenceu um compadre seu amigo a lhe dar uma das filhas. A moça era bonita e muito da religiosa e desejava tornar-se freira. Todavia, obrigada pelo pai, acabou casando. Passado uns meses, emprenhou. Quando as dores já lhe arrancavam gritos das entranhas, o fazendeiro providenciou logo chamar a mais famosa e experiente parteira das redondezas, uma negra benzedeira que já realizara o parto de mais de quarenta crianças. Foi um parto difícil. A negra suava e a mulher gritava como louca. Assim que o menino teve o umbigo cortado, o pai lhe pegou nos braços, a mãe desmaiou e a preta caiu durinha com os olhos virados – morta! Era perto da meia-noite e um cheiro ruim de enxofre infestou todo o lugar. Só que o menino não nasceu bom, não. Veio meio minguado, com uma cor pálida de lua e um choro fraco de dar dó, como quem não fosse resistir às brisas das tardes quentes de verão. A mãe, temerosa, mandou chamar o padre e lhe rogou que rezasse sete missas por sete dias consecutivos. Diz a gente antiga que freqüentava a igreja na época, que era só o padre começar a missa para as velas do altar se apagarem. Então ele rezava um Pai-Nosso, pedia ao coroinha que as acendesse de novo e continuava com o santo ofício. Para surpresa de todos, parece que as missas deram certo e o menino se restabeleceu. A mãe, agradecida, batizou a criança de Jesuíno. Mas tiveram outros, também, que contaram uma outra versão. Que, na noite do sétimo dia, um dos vaqueiros, que estava deitado sob o clarão da lua cheia, descansando, viu o patrão partir desesperado em direção ao Sumidouro, vale escuro e extremamente cerrado, fechado como forquilha por duas altas e íngremes colinas. Sabedor do estado do filho do fazendeiro, preocupou-se com a atitude estranha do homem e decidiu ir atrás dele, receoso de que esse aprontasse vexada besteira. No cume da colina e de frente para o vale, viu o homem fazer uns desenhos esquisitos e levantar as mãos para o céu escuro. No mesmo instante, um clarão veio do céu e iluminou tudo. O vaqueiro ficou cego. O medo que sentiu foi tão grande que ele não esperou nem mesmo a visão começar a clarear e fugiu. Guiado pela mão do Invisível, refez o caminho de casa sem distinguir o que era sombra, árvore ou pedra. Passou o tempo e Jesuíno foi crescendo forte e são. Ao passo que crescia, sua verdadeira natureza ia se amostrando. O moleque era ruim! E sua maldade era a maldade de ferir os que se achavam mais próximos de si. A mãe guardava muita afeição por uma pintura da Virgem com o Menino Jesus, Santa Martina e Santa Agnes, dependurada na capela de junto da casa. Pois o menino rabiscou o lindo quadro com carvão. Não contente e percebendo que a mãe ficara triste, aperfeiçoou a arte furando a tela de cima abaixo com um ancinho. O imponente São Jorge de gesso, para quem ela acendia uma vela diária, ele espatifou em dezenas de pedaços ao pé do altar. Em resposta ao desgosto causado à mulher, o pai lhe meteu o sarrafo. De nada adiantou. Ao cabo de dois dias, as paredes interiores e o telhado da capela amanheceram completamente queimados. A beata foi então obrigada a fazer suas orações no próprio quarto.

A cada maldade feita se seguia uma surra – sem solução. Contudo, o fazendeiro perdeu completamente a calma ao descobrir que Jesuíno dera para passear com uma enxada e destruir suas plantações. Decidiu prendê-lo. Acorrentou-o junto à cama em um dos tantos aposentos da casa principal. O menino ficou preso até fazer sete anos, quando sua mãe, penalizada, pediu que o pai o perdoasse e, enfim, libertassem-no, fazendo uma grande festa na qual convidariam os amigos e parentes. Mataram boi e teve muita dança com forrozeiro durante todo o dia. À noite, porém, viria a tragédia. A maior parte do povo havia ido embora ou se preparava para dormir, bêbados, quando os anfitriões deram pela falta de Jesuíno. O fazendeiro então viu uma língua de labareda enorme subir sobre o campo. Estarrecido, pegou o primeiro facão ao alcance da mão e correu para as plantações. Chegando lá, encontrou Jesuíno com uma tocha em punho e um sorriso mau no rosto. As folhas das árvores luziam e crepitavam agonizantes. O pai, louco, bradou que mataria o filho. Jesuíno fugiu. Fugiu para o Sumidouro com o pai em seu encalço... para nunca mais voltarem! A mãe ainda ofereceu uma recompensa para quem fosse atrás deles e lhe trouxesse ao menos os corpos. Não apareceu homem com fé e coragem suficiente para tanto.

A história nos impressionou. Sumidouro. Nós seríamos os primeiros a pisar o vale e retornar. Mas como? Eu não cometeria nenhuma loucura, estava certo disso. A idéia veio de Moisés. "Basta que capturemos um saci". "Um saci?", repeti apalermado. "É. Saci. Você não assistiu ao *Sítio do Pica-pau Amarelo*? Não lembra que o Pedrinho só conseguiu entrar na mata e caçar uma onça com a ajuda do Saci? Pois então, podemos fazer o mesmo! Vamos caçar um saci!"

Para isso, fiz empréstimo do livro de Monteiro Lobato na biblioteca do colégio. Li e reli a obra. Anotei cuidadosamente cada passo, no sentido de prender o pequeno duende negro de uma perna só. O segredo consistia em se apoderar da carapuça vermelha. Sem a carapuça, o Saci perderia seus poderes.

Os patos desfilavam em marcha sobre o terreiro. Moisés conferia a lista preparada por mim com os objetos no saco de estopa: Um garrafão de vinho escuro e vazio, uma rolha com uma cruz riscada nas duas extremidades (para não acontecer de errarmos o lado) e uma peneira de cruzeta.

– Tudo certo? – perguntou Moisés.

Engoli seco. Eu omitira a ele que no livro havia uma lacuna, uma dificuldade não esclarecida.

– O quê?... Você está me dizendo que Lobato não fala como é que Pedrinho pegou a carapuça depois de prender o saci na garrafa?

– É. Ele não fala.

– Não acredito. Simplesmente, não acredito. E como é que um cara tão famoso pode cometer um erro desse sem que ninguém, mas ninguém fale nada a respeito?

– Sei não, Moisés. O que sei é que Pedrinho pega o saci, mas não vê nada dentro da garrafa, por causa do poder de invisibilidade. Daí, ele duvida que tivesse mesmo capturado o diabinho. Só que depois, ele já aparece na floresta, negociando a liberdade do saci como se estivesse com a carapuça desde o começo.

– Sacanagem! Sacanagem! E agora? O que vamos fazer? Desistir?

Abri o saco de estopa, tirei a peneira de palha trançada, encostei-a no rosto, fechei um dos olhos e abri o outro, enxergando-o por trás de um dos buraquinhos.

– Quer saber? Vamos prender o saci é com carapuça e tudo! Enfiamos ele na garrafa e quando ele estiver doido para se ver livre e resolver abandonar o encantamento da invisibilidade, nós negociamos a liberdade dele em troca da ajuda no desbravamento do Sumidouro.

Coloquei a peneira de volta e atravessamos a cerca que limitava a chácara. O sol planava alto. O murmurar fresco do riacho batia em nossos ouvidos, chamava. Acompanhamos o recorte impreciso da estrada, quase ausentes. À direita, bem perto de nós, uma tapera branca e suja abria suas janelas para o mato bravio. Os sangue-de-cristo despontando entre urzes, as mamonas ressecando feito medusas murchas e alguns aloés varrendo o chão enfeitavam o lugar.

– Sabia que Seu Ferreira é federal?

– Não, não sabia. E que que tem isso?

– O Rael disse que se a gente falar mal do presidente os federais podem nos ouvir e nos prender.

– Então o presidente deve ser mais ou menos como Deus, né? Falar mal de Deus é pecado. Não adianta se esconder nem fingir que não falou. Ele tem conhecimento de tudo o que acontece e pode nos mandar pro inferno.

– O presidente também?

– O quê? Pode nos mandar para o inferno?

– Não, pro inferno não. Você acredita que ele sabe de tudo o que a gente diz e faz?

– Acho que mais ou menos.

– Eu já xinguei o presidente... Uma vez... só de teste...

– Eu não.

Larguei o saco de estopa no chão e nos sentamos sobre um arbusto rasteiro. À frente, víamos a venda do Argemiro, mistura de loja e bar onde se comprava materiais de roça e se bebia a cachaça produzida na região. Um homem numa bicicleta passou por nós, fazendo com que levantássemos apressados para não comermos a poeira levantada. Moisés pegou nossas coisas do chão e continuamos andando.

– Você não sente saudades da sua mãe?

– Mais do meu pai, que ainda está vivo.

– Eu não sinto saudades do meu pai. Gosto mais da mãe.

– Meu pai era forte pra burro! Teve um domingo que vi ele levantar a traseira de um fusca sozinho!

– Eu só me lembro do meu lendo jornal e livro velho.

– Meu pai tinha um revólver e treinava tiro com uns amigos no campo de futebol perto dos eucaliptos. A pontaria dele era certeira, derrubava lata e furava pau. Pou-pou-pou... – Os indicadores de Moisés furavam o ar e os homens que estavam em pé no balcão da venda, segurando copos quase transparentes, nos olhavam, riam e censuravam-nos entre si.

– Temos de esperar um rodamoinho – falei.

A venda ficou para trás, o céu diminuiu de tamanho e o verde encorpou-se, revestindo troncos e galhos, juntando matizes, grandezas e proporções, ciciando e isolando o homem do homem.

– Não está ventando aqui. Desse jeito não vai haver rodamoinho nunca – disse Moisés.

Diversos passarinhos passavam de uma árvore para outra, rompiam o silêncio e ganhavam as sombras das folhas. Ouvimos um silvo estridente e prolongando. "Veio dali", disse Moisés. "Não, foi mais atrás", respondi. Ora o som parecia perto, ora longe. Dava impressão de nos rodear. As folhas das árvores agitaram-se mais e os galhos balançaram.

– Veja! Um rodamoinho! – Gritei!

Moisés rapidamente jogou a peneira emborcada bem no olho da ventania. Colocamos o garrafão escuro dentro da peneira e esperamos que o saci entrasse, pois ele, *como todos os filhos das trevas, tem a tendência de procurar sempre o lugar mais escuro*[1]... Em seguida, arrolhamos o garrafão.

Na chácara, o resto do final de semana transformou-se numa vigília em torno do que se passava no interior da garrafa. Atravessamos o sábado para o domingo e fomos embora sem que percebêssemos nenhuma alteração do seu estado.

Mas o danado do negrinho segurou mesmo nossa atenção foi em nossas casas. Moisés perdeu uma noite inteira de sono. Sem brincar, mantinha-se vidrado na expectativa do saci aparecer. Eu ia visitá-lo todas as noites, na esperança de receber uma notícia positiva. Todavia, encontrava Moisés mais e mais irritado e o garrafão eternamente vazio.

Um novo final de semana chegou e com ele nosso olhar triste e cansado vislumbrava o Sumidouro do alto da colina mais alta. Aquela monstruosa garganta formada por tão próximas e estreitas colinas sorria de nós. Eu sentia que tudo o que era grandioso estava destinado para a morte, para o desvanecimento. Para que então o

---

1. *O Saci*, Monteiro Lobato.

ato de coragem? O heroísmo? Se o mundo nos castrava jovens, se amputava nossas mãos com medo que cometêssemos algum roubo ou quebrássemos uma regra que não conhecíamos.

Mantive o garrafão comigo durante mais uma semana, até o dia em que Moisés me pediu para encontrá-lo próximo à linha do trem.

– Nada? – ele perguntou.

– Nada.

Ele tomou o garrafão de mim.

A linha do trem passava sob um viaduto. Nós costumávamos escalar suas paredes íngremes.

– Você acredita mesmo que haja um saci aqui? – disse nervoso.

– Acredito – balbuciei.

– Então, veja seu saci voar! – E jogou a garrafa no espaço branco que cobria o barranco.

Contudo, ao cair, a garrafa não quebrou. Amorteceu numa moita, rolou uns dois metros à frente e parou junto de um monte de terra fofa. Moisés ficou ainda mais enervado. Crispou os olhos vermelhos em mim e, com desprezo, me deu as costas, afastando-se.

Fiquei a admirar aquele pequeno abismo, o horizonte e as nuvens enrubescidas pelo esplendor do sol de uma tarde moribunda e sem adeus.

Moisés não me convidou para voltar com ele à chácara. Talvez achasse que eu fosse tentar impedi-lo de descer a colina para se embrenhar na mata espessa do vale. Eu realmente tentaria. Não somente pela dificuldade da empreitada, mas principalmente por causa da chuva forte, dos relâmpagos e trovoadas.

O corpo não foi encontrado, sumiu como o pai.

Luzia, consternada, mudou de endereço. Disse que não teria forças para me ver todos os dias sem se recordar da criança que amou como filho.

Eu amava Moisés e me perguntava se poderia ter evitado esse final. Tinha feito tudo certo e queria ter desbravado o Sumidouro tanto quanto ele.

Quem teria errado? Eu ou Monteiro Lobato?

A MEIA-SOLA DO SAPATO

para Edevaldo Ferreira

I

Balançar, só lhe restava balançar. A corda chiando ao peso, os braços pendidos para fora, abertos, o pé apoiando e empurrando, Cirino balançava. O que seria dele se não fosse a rede de tucum, toda furadinha, recortando-lhe a dor e a vergonha? Balançava mas permanecia parado, detido num único pensamento. Não refletia, aceitava apenas. Fosse procurar outra resposta, explodiria de raiva. Tudo em si reclamava razões, justificativas. E o pensamento vinha sem que ele pedisse, inteiramente dono de sua vontade, sujeito do seu corpo. Era pequeno para dez anos, mas as carnes eram fortes, rígidas, e reclamavam esse pensamento duro, doído, lembrando, por meio dos inchaços e hematomas, da surra com arreio de bezerro que tomou. A peça de couro subindo e descendo sobre si. Por quê? Porque era algo que ele não conseguia definir. Talvez o sol chicoteando e queimando a cuca. O sol que o perseguia inapelavelmente seis meses por ano, que, à noite, disfarçava-se de lua. Mas, se era só o sol seu algoz, porque ele se lembrava de tudo tão nitidamente e seu pai não? Enquanto o arreio subia dentro da sua cabeça, sobrepunha-se a ordem cândida da mãe:

– Cirino, meu filho, leva esses sapatos pro seu pai colocar meia-sola.

O pai, um modesto e bem-sucedido comerciante de artefatos de couro, estabelecera-se em Floriano há pouco mais de dois anos, cidade do Piauí que ficava à margem direita do rio Parnaíba e vizinha ao Maranhão.

Os diversos aproveitamentos do couro era uma prática bastante difundida no Nordeste de então. No vestuário, por exemplo, essa arte se impunha por questão de pura necessidade, o confronto diário com a vegetação dominante no sertão agreste: a caatinga.

No caso de Floriano, o cerrado semi-árido, que, no entanto, ainda guardava cerca de mais de trinta por cento de características de caatinga.

Cirino caminhou dois quilômetros até a banca do seu pai. Chegando lá, transmitiu o pedido da mãe:

– Pai, a mãe mandou eu trazer esses sapatos pro senhor pôr meia-sola neles!

O pai, entretido no trabalho e sem olhar para o filho, que também estava de cabeça baixa, batia um prego numa cela marrom. Sem parar o que estava fazendo, respondeu numa voz baixa e grave:

– Quê?

– A mãe...

– Diz pra tua mãe não preocupar. Eu compro tudo sapato novo.

Missão cumprida. Não precisaria receber a ordem de dispensa. Aquele *diz pra tua mãe* era suficiente para que ele, como um emissário real em tempos de guerra, sem jamais se atrever a questionar o teor da mensagem confiada, se retirasse dali.

Alegre, seguiu displicentemente atento no caminho de volta, passeando entre os becos de casas baixas, dispostas em compridos terrenos, iguais a sua, não fosse pela cor diferente de todas, formando um arco-íris de rua, as portas sempre abertas e os rádios ligados, divertindo.

Meio-dia. O pai chega para o almoço. A mãe foi logo cobrando:

– Cadê os sapatos novos?

– Que sapatos novos?

– Ora, os que o Cirino falou que você ia trazer!

– Quem falou?

– O Cirino, oras!

– Pois, então, chama aquele moleque aqui! – e fez um sinal para Sebastião, o mais velho de cinco.

Cirino, que estava no aposento contíguo, se antecipou à execução da ordem, e, a passos curtos, com os braços pendidos sobre a barriga, os dedos entrelaçados, apareceu sob o umbral que dava para o interior da residência.

– Então – disse o pai, em pé, a mão procurando o arreio que ficava sobre a tampa do velho armário de madeira –, você vai me desmentir, aqui, na frente da sua mãe, que eu num falei que ia trazer sapato algum? Hein?, seu moleque!

Ensaiou mentalmente mentir. Mas logo veio a dúvida: Seria cabra-macho de verdade, como exigia o pai, se mentisse? Poderia sobreviver no futuro sem conseguir sustentar a própria palavra? Ainda mais num lugar de uma gente tão rústica como a gente do sertão? Tinha de enfrentar. Provavelmente o pai só queria lhe testar, descobrir o quanto era forte, se estava preparado para a vida e tudo o que ela nos obrigava a suportar. Sim, só poderia ser isto. Ele provaria ao pai que era um bom filho. A certeza que tinha da verdade lhe bastaria. Podia confiar no pai, afinal ele sempre falava que a verdade é que fazia os homens homens, que quem demonstra medo e nega o que é de seu é covarde, e covardes, nesta terra, morrem pela própria boca. É ele dizia isso. Se mentisse, morreria para o pai. Morto para o pai, estava morto pra família e morto pra si mesmo.

– Foi o senhor que falou.

Nesta terra quem é covarde morre.

– Num falei coisa nenhuma!!! – berrou o pai, com

o arreio estendido sobre a cabeça e fixando olhar na mulher.

Quem é covarde morre.

– Falou! Falou! Falou, sim senhor! – respondeu gritando cada vez mais alto.

– Não levante a voz para mim, miserável! – e malhou o menino com violência cega. Uma, duas, três... cinco, seis... nove, dez vezes.

Covarde morre.

II

Agora, aqui estava ele, comprimindo a sobrancelha num olhar vazio, sentado no único lugar possível de descanso para a dor que sentia. Na sua mente, o arreio subia e descia ferozmente.

Perto, mas de uma distância boa de não se fazer perceber, alguém o observava. Era Vicente, um matuto bem apessoado, que, do alto de seus vinte e poucos anos, lhe ensinara a matar passarinhos. Chegou na casa ainda jovem, após pedir um prato de comida. Cedo foi se enchendo de confiança, ajudando nas compras, cuidando de pequenos trabalhos domésticos. E desse modo foi esquentando lugar. Depois, tornou-se uma espécie de preceptor dos garotos. As andanças de quando criança e mais o bocado de casos que ouvira nos botequins, deram-lhe manias de filósofo da natureza humana.

De repente, os olhos de Cirino brilharam diferentes. Algo novo se passava na sua cabecinha. A expressão de vazio cedia lugar a um olhar rijo que lembrava a expressão de quando disparava contra os pardais no telhado. A face se transmudava. Ia da dor muda e renitente à satisfação de uma perversidade.

Dono de certos psicologismos, Vicente interpretou a mudança com dissabor. E arrepiou-se.

Desde os treze anos tinha uma dívida com o pessoal da casa. Eles o acolheram e lhe deram um lar, fizeram-no seus amigos. Devia e não devia pouco. Se o pai de Cirino não tivesse lhe ensinado tudo o que ensinou, o que seria dele esta hora? Um bronco, sem dúvida. Exatamente igual aos esquecidos que dependiam de esmolas na rua. Talvez até nem vivesse. Não podia falhar. Era seu agradecimento. Sua chance de ajudar.

Assim, correu mais do que depressa. Correu para o pequeno criado-mudo no quarto do patrão. Ali ficavam guardadas as armas, incluindo a garruncha que Cirino utilizava nas caçadas com seu tio Lili. Arma querida, de estimação. Tio e sobrinho passavam bem uns três dias caçando. Era uma alegria vê-los voltarem carregando peixes, marrecos, jacus, pacas, capivaras e tantos outros bichos mais.

Chegando lá, encontrou o móvel trancado. Sentiu-se aliviado. Só existia uma chave disponível para abri-lo, e, esta, ficava no bolso do paletó do dono da casa. Retirou-se com tranqüilidade.

Ao atravessar o corredor, esbarrou com Cirino, que passou por ele e entrou no quarto veloz.

Confirmava-se a suspeita. No entanto, depois daquela surra em que o garoto ficou com o corpo todo inchado, não o delataria. Decidiu-se por cuidar do problema sozinho. Era desse modo que os heróis de bang-bang do Cine Lampião do Sertão agiam. E ele queria ser igualzinho a eles, os gringos que matavam índios nas matinês, que pulavam em trens em movimento, que beijavam as mocinhas. Impedindo de acontecer uma tragédia, certamente seria um herói.

Chegou a noite. Com ela vinham as notas distantes das gaitas, zabumbas e triângulos dos salões, o odor forte de cachaça se confundindo com os perfumes de boticários, a visão de uma velha abismando crianças na sua barra-de-saia, prenhe de sobrenatural e esquecida do amor. Possivelmente ébrios duelassem a posse de uma nova desgraça, motivada pela paixão ao dinheiro ou a sede de um cafuné. Para Cirino, nada disso importava. Ele não queria o barulho de vida da cidade. Sentia-se prisioneiro. Prisioneiro da rede de tucum. Nela, sua dor se esvaía. No emaranhado de fibras, ele se dissolvia.

O aprisionamento feria ainda mais o orgulho, assegurava-lhe a certeza de ter de corrigir o grande mal. O arreio subindo e descendo.

Passou o dia posterior na expectativa de que seu pai esquecesse a chave do criado-mudo no quarto. Ia e vinha ininterruptamente ao aposento. Estava cego. Só pensava na arma.

Um novo dia se sucedeu e sua obstinação continuou firme. Mal dormira a noite, acordando esporadicamente. A aurora, no entanto, foi-lhe breve. E a manhã transcorreu lépida. Não sobrava tempo para pensar. O sol batia forte e esquentava os alumínios dependurados na cozinha.

O próprio pai lhe facilitou as coisas.

Após um almoço em que a família se sentou junta à mesa e rezou a rezinha messianicamente rezada refeição a refeição, o artesão, apresentando a desculpa de que ajudaria na digestão, resolveu saborear uma legítima cachaça de alambique do sertão, uma branquinha.

– Êta santo remédio! – persignou-se olhando para o rosto dolorido do Cristo na parede.

No que pegou a garrafa para encher o copo, colocou o molho de chaves na bancada do bufê. Bastou isso. Dali a penca não sairia. Também não permaneceria intacta. Nos minutos em que apreciava a bebida quente e mordia uma banda de limão, mãos pequenas mas tenazes subtraíam uma das peças, sob o olhar do Cristo na cruz.

Um tremor invadiu Cirino enquanto se encaminhava para a varanda. Temor ou alegria? Ao ver o molho de chaves à sua disposição, sentiu o fluxo do dia se reter. Teria de ser rápido como um carcará. A claridade do sol se ofuscou por um minuto. Nem sabia exatamente como fizera. Viu o pai de costas e pronto, já estava de posse da chave. Nervoso, ele a segurava diante de si feito um troféu. Caminhava absorto, o instrumento de sua remissão levantado sobre a cabeça, brilhando com o sol que voltava a iluminar.

Foi quando ouviu a voz de Vicente:

– Me dá!

Cirino desabou precipitado, assustou-se, ficou aturdido ante o amigo, a imagem em contraluz, grande, impalpável. Sem responder, recolheu a chave para dentro da palma da mão e fechou-se como um tatu-bola.

– Me dá! – repetiu Vicente, mais incisivo. Como não obteve resposta e o menino se agachava no chão, deu-lhe um chute nas costas.

– Anda!

Ainda silêncio.

Pensou em repetir a ordem mais uma vez, em bater. Ao invés disso, estendeu a mão para receber. A atitude não teve efeito. Cirino se encolhia mais e mais. Então agarrou-se ao garoto e tomou-lhe a chave à força.

– Você está maluco, é? – disse com raiva.

Cirino não se moveu.

– Querer manchar o nome do pai com sangue... Num há coisa pior que isso, Cirino. Imagina o desgosto de sua mãe, a vergonha dos irmãos. E pra quê? Pra quê, hein?... Num ter quem cuidar de nós, nos defender, dizer o que tá certo ou tá errado? – fez uma pausa e acrescentou triunfante. – Quer amaldiçoar o ventre da senhora sua mãe? É pra isso? Por acaso num sabe a praga que corre nas veias de quem mata o próprio pai? Os filhos não nascem bons. Eles trazem nos olhos o ódio do pai morto. E, uma hora, ficam tudo doido, tudo doido... Até num parar mais. Aí, sabe quem é que vai morrer? É você, ouviu? É você!

Como o menino se mantinha calado, Vicente abriu um sorriso vitorioso. Estava orgulhoso da sua ação, salvara a vida do homem que mais admirava no mundo e impedira o diabo de um guri de destruir sua família. A sua família. Esse fora o ato mais importante que julgara praticar. Puxou o cinto e a calça para cima, pôs as mãos na cintura, levantou a cabeça e se retirou dando longas e vigorosas passadas. O peito estufado para frente e o vento se abrindo na passagem.

Cirino, curvado de joelhos no chão, não sentiria o gosto das lágrimas chegar à boca. Não. Ele não choraria. Não faria mais nada. Seus olhos rasos, feitos água de riacho, refletiam a imagem de uma realidade antagônica que o rodeava, rodeava e deixava tudo passar, confundindo. As lembranças passariam e trariam a certeza de que ninguém, nesses seus poucos anos de vida, havia penetrado suas águas, essas que eram mais caudalosas no fundo, e muito, muito intensas.

O AUTÓGRAFO

para Rato, Nem e Antônio César

– Pai, me arruma dinheiro pra eu ir com o Marco Antônio pro jogo?

Deitado, o rádio colado na orelha, vira os olhos para o garoto mirrado que, com um sorriso, lhe trespassava inteiro.

– Mas meu filho, por que você não ouve o jogo pelo rádio? – respondeu, levantando a cabeça e colocando o aparelho sobre a barriga.

– Ah, pai!... pelo rádio não tem graça não. Dá, vai! É só hoje...

O pai calou-se por um instante, recostou o tronco no sofá vinho de napa, arqueou as pernas antes estiradas sobre o braço do móvel.

– Não sei, Ricardinho, dia de final não é dia bom para criança ir desacompanhada ao estádio.

– A gente toma cuidado – argumentou aproximando-se do homem que mesmo nos domingos se mantinha de terno e gravata. – Eu prometo. O senhor num sempre confiou em mim? Não deixa eu ir pra escola sozinho? Então? Deixa, vai! Eu quero ver o Pompeu.

– O Maestro da Pelota?

– É, pai. Ele tá confirmado. Eu queria pegar um autógrafo dele.

– E de quanto você precisa? – perguntou sentando-se e pondo o rádio de lado, para em seguida arrumar os cabelos lisos atrás da orelha e retirar a carteira do bolso.

– Dez pra mim e dez pro Marco Antônio!

– O Marco Antônio não tem dinheiro? – segurou a carteira fechada entre as duas mãos.

– Ô pai, o senhor sabe que não. A mãe dele nem tá em casa, foi lavar roupa pros outro na rua.

Marco Antônio o aguardava na escadaria angustiado. Ricardinho saiu do apartamento triunfante. – Não falei? Meu pai é legal pra chuchu! – disse mostrando as duas notas estampadas na frente do rosto.

Pegaram o bondinho no sentido sul-norte. Depois de pouco mais de trinta minutos estavam nas mediações do estádio.

Apesar de Marco Antônio ter as pernas maiores, Ricardinho caminhava com passos largos na frente.

– Pra que a correria? Logo logo a banha pesa e você vai ficar bufando igual a burro xucro.

– Quem falou que eu tô correndo? Você é que é

lerdo demais. Anda, anda! Vamos ver se a gente pega a preliminar.

A fila da bilheteria ultrapassava calçada a fora. Era uma única bilheteria para o estádio inteiro. Por conta disso, os ambulantes aproveitavam a lentidão e enxurravam os torcedores com ofertas de guloseimas e quinquilharias.

Ricardinho e Marco Antônio ignoraram a balbúrdia e foram se avizinhar dos portões de entrada. Um negro robusto, vestido de roupa cáqui, colhia os ingressos numa urna e usava da força para girar a roleta. O suor lhe descia a testa, marcava o boné.

– Ei, moço! Ei... Deixa a gente passar por cima da roleta, deixa?

– Posso não, menino – respondeu seco, sem olhar para o lado. – Se deixar vocês, terei de deixar tudo quanto é moleque choramingando no meu pé de ouvido.

– Ah, moço!... Deixa, vai. Ninguém vai ficar sabendo. A gente passa rapidinho que nem gato. Por favor! a gente tá sem dinheiro.

– Que conversa mole é essa, garoto! Menino bonito, arrumado, não tem dinheiro pra comprar entrada pra ver jogo? Caio nessa não! Sou bobo mas não sou trouxa.

– É que minha mãe tava com uma bruta dor de dente, moço, e meu pai foi levar ela pro hospital. Juro para o senhor! Tá aqui o Marco Antônio pra comprovar que eu tô falando a verdade. Não é, Marco Antônio?

Quando a gente deu por si, tava em cima da hora. Num posso perder esta final, moço, acompanhei o campeonato inteiro e perder justamente a final seria uma bruta injustiça. Deixa a gente entrar...

– Depende. Para qual time vocês torcem?

– Para o Tricolor, é claro! Hoje pode chover canivete que o Alvinegro não leva...

– Ih... pode parar, pode parar! Agora é que vocês não entram mesmo! – exclamou rindo. – Eu sou Alvinegro e não vou dar asa pra filhote de Tricolor ficar agourando meu time. Nem Tricolor com vantagem de empate e Pompeu jogando no ataque. Esquece.

– Ô moço! Não seja ruim... Olha só como o Marco Antônio tá triste... A gente espera quando não tiver ninguém olhando e passa tão rápido, mas tão rápido, que nem o senhor vai perceber.

O negro riu divertido, fingiu amarrar uma das botas e permitiu que eles, não tão discretamente e velozes quanto afirmaram, pulassem a roleta correndo.

A preliminar era com dois times amadores da cidade. Seu atrativo era a falta de técnica de seus jogadores. Nessa hora, os meninos riam a valer e aproveitavam o dinheiro economizado para comprar balas, sorvetes, pipocas, refrigerantes e cachorros quentes, pois assim que começasse a partida principal, Ricardinho e seu amigo não desviariam a atenção do campo por nada.

O desejo de Ricardinho era ver o famoso centro-avante do Tricolor dar a inédita vitória do campeonato regional ao seu time. Seria um feito grandioso. Pompeu despontara desde o início de sua carreira como um atacante de reconhecida classe, inteligente e driblador. Vê-lo jogar entusiasmava aqueles que admiravam a plasticidade única do futebol, pois o jogador era jovem, esguio e irradiava uma aura de elegante realeza sobre os colegas, fazendo com que, desde que assomara a divisão de juniores, fosse eleito capitão. Foi por três anos consecutivos o artilheiro do Tricolor nas divisões de base. Fato que se repetiu no ano de estréia no time principal. Os jornais locais noticiavam o interesse de outros clubes no seu passe, aventando até mesmo a possibilidade de jogar no exterior. Essas especulações não mudaram o perfil de Pompeu em jogo. Ao contrário, em determinadas ocasiões, quando estava pronto para fazer o gol e percebera um colega em melhor condição para marcar, o centro-avante humildemente lhe concedia a bola. Sua conduta o cercara de respeitabilidade. O Maestro da Pelota nunca fizera uma falta violenta ou recebera cartão amarelo por reclamação ou indisciplina. Marco Antônio e Ricardinho viviam babando de felicidade com a campanha tricolor, era a última partida e bastava-lhe um empate para que se sagrasse campeão.

    O juiz apitou o início da partida principal. Com menos de dez minutos, o Alvinegro marcou o primeiro gol. Mais de dois terços do estádio se calou. O primeiro tempo terminou sem que o Tricolor conseguisse mudar o placar, pois o Alvinegro se fechara todo e se protegia com bravura e determinação.

No segundo tempo, o desespero começou a tomar conta dos jogadores tricolores. Foi preciso que Pompeu pedisse calma aos companheiros e, numa demonstração de apoio e serenidade, voltasse até o meio-de-campo para ajudar na organização do ataque. A torcida acolheu sua atitude com um coro: – Maestro! Maestro! E os jogadores tricolores, enlevados, retomaram o brio e a vontade, atirando-se contra a retaguarda alvinegra.

Quando faltava apenas um quarto do tempo para o término da partida, Pompeu recebeu a bola na entrada da grande área, dois zagueiros o cercavam e mais outro o esperava a dois metros de distância. Pompeu girou a bola de um pé para outro, ensaiou um movimento com a cintura e, jogando o pé de apoio para trás, furou o bloqueio dos zagueiros, ficando de frente para o terceiro marcador e o gol. O lance foi rápido. Pompeu pareceu hesitar e o marcador alvinegro saltou com a perna levantada e o derrubou dentro da pequena área. Pênalti! – apitou prontamente o juiz.

A torcida levantou-se enlouquecida. Enquanto isso, Pompeu se contorcia e punha a mão na perna atingida. Todos esperavam que ele batesse o pênalti, mas para desconforto geral, Pompeu, agonizando, pediu para sair de campo. Substituíram-no rapidamente. Ricardinho ainda o viu descer o túnel quando o meia-direita chutou a bola na trave. A consternação foi tanta, que mesmo antes do fim da partida a torcida tricolor começou a abandonar as dependências do estádio.

Marco Antônio estava com cara de choro. Ricardinho segurava o papel e a caneta que levara no bolso para colher o autógrafo do Maestro.

– Marco Antônio, me espera aqui que eu vou no vestiário dar um abraço no Pompeu e pedir o autógrafo dele.

– Mas Ricardinho, a gente acaba de perder o campeonato...

– E daí? Quem se importa com taça, com título? Eu vi o melhor jogador de futebol do mundo se apresentar hoje, Marco Antônio. Isso sim é importante para mim. Me espera aqui!

– Ricardinho!...

Fosse porque estava decidido a demonstrar solidariedade ao ídolo, fosse porque a equipe técnica, os reservas, os seguranças e quem quer estivesse ali estavam com a atenção voltada para a espera de um milagre em campo, Ricardinho atravessou o fosso que separava a torcida do gramado e desceu o túnel em direção ao vestiário.

Ensaiava o que diria ao ver Pompeu. Certamente estaria arrasado e talvez até chorasse.

Ouviu vozes. Pompeu não estava só. Estancou no

pé da escada. Depois, projetou a cabeça um tanto para frente e, para sua surpresa, avistou o Maestro da Pelota em pé, conversando com um homem grande, gordo, excessivo, apertado num terno azul escuro e a cara esburacada de bexiga, ambos muito sorridentes e felizes.

    O menino estremeceu, perdeu as forças. Então, tirou o pedaço de papel que trazia no bolso e o amassou. Em seguida, virou as costas para o vestiário e foi subindo degrau por degrau. O jogo já terminara a essa altura e os jogadores alvinegros se abraçavam e festejavam, ao passo que os tricolores pendiam para o chão feito pássaros abatidos por tiros certeiros.

TODO SOL MAIS O ESPÍRITO SANTO

para João Silvério Trevisan

O amante é mais divino que o amado, porque naquele está o deus, e no outro não.

THOMAS MANN

Noites de litoral. Pálidas, mornas, modorrentas. Noites se esgueirando pelos cantos. Anônimas. Noites em que olhava o céu e nele ficava, querendo ser escuridão. Noites sem sono, sem descanso, apenas perambulando ermo e beira-mar, perguntando.

Seria este mar, com este mesmo cheiro e fragor, o mar dos romancistas e poetas? Um mar que amei e no seu encanto me escapou como um monstro de lenda antiga, logo preparando sua cilada? Ou seria, ainda, um deus sequioso, que do fiel toma a oferenda e, depois, com tempestades o recompensa?

Alguns homens param para me observar no calçadão. Embora distantes, não conseguem disfarçar a curiosidade de me ver assim, com caneta e papel na mão, e estar a contemplar este breu distribuído.

Seria uma carta para alguém longe? Um bilhete de

despedida? O esboço de um desenho? Um poema?, seus olhos perguntavam.

As palavras embaralham-se na minha mente e pingam uma a uma no papel, turvas, envergonhadas, quase aleatórias. Sempre fora assim, prestassem atenção em mim e eu me desorientava constrangido.

Pensava também no símbolo, na violência contida na palavra. São apenas três letras, três pesados e longos sons que se abrem e rolam um sobre o outro num movimento que vai morrendo aos poucos. Maaaaarrrrr. Na escola, amava a história dos grandes conquistadores e suas naus maravilhosas. O homem grego, o relato da Odisséia, os povos mediterrâneos, os ibéricos, formando e consolidando o Novo Mundo. E, sobretudo, amava as descrições e reflexões apaixonadas de uma gama de escritores que haviam reverenciado e compreendido o mais viril dos elementos da Natureza: Homero, Sosígenes Costa, Hemingway, Melville, Pablo Neruda, Mário Faustino... Como me encabulavam! O mar, em suas narrativas, tinha a compleição de mistério e de infinito, o senhor de todas as vontades.

A expressão de curiosidade inicial os turistas rapidamente substituem por risinhos maliciosos, talvez escárnio. Dou-me por feliz quando vão embora.

Lembranças escapam da memória... A primeira vez que tive o corpo banhado em água salgada... Nesta mesma cidade, Guarapari, localizada no Estado do Espírito Santo, cerca de uma hora e meia de Vitória.

I. Batismo

Tinha apenas três anos. Minha mãe estava ausente, certamente numa casa próxima com minha irmã, mais velha do que eu dez meses. Não me recordo da cidade em si, de sua paisagem ou suas cores, mas de um grupo de cabanas com telhado de palha, situadas próximas à margem, e de estar brincando com conchas de sururus na areia umedecida, sob a vigia do olhar paterno. O sol pairava alto e pesava em minhas costas. Eu, indiferente.

Num dado momento, sem pedir ou avisar, meu pai me levantou cuidadosamente da areia e, com seus braços esguios, envolveu meu corpo, avançando rumo à linha platinada e azul que faiscava dormente no horizonte. Quando estava com a água pela barriga e eu molhara somente os tornozelos, solicitou que tampasse meu nariz. Fez uma breve pausa, onde só se ouvia o som das ondas se quebrando preguiçosas mais atrás. Depois, segurou firme minhas pernas e nuca e me virou subitamente de costas, fazendo com que furasse a superfície da água com a cabeça e deixasse de respirar por alguns segundos. O movimento brusco e inesperado teve o efeito de um choque, inundando-me de um medo. Já a volta ao seu peito deu-se de forma lenta e gradual, meu corpo desenhando um arco tenso e defrontando-se com o obstáculo indissolúvel da água, para, por fim, reatar meu laço frouxo com o mundo físico, um mundo estranho mas, de certa forma, misteriosamente espiritual, no que se me revelava de interior e intuitivamente eterno. Senti o gosto salgado da água, os olhos queimarem levemente. Ele ficou olhando para mim como se me descobrisse um outro, à parte dele, uma célula se desmembrando de si, eu, o não-filho.

    Meu outro batizado, o comum, cumpriu-se quando completei um ano, numa cerimônia onde todos os ritos e normas da Igreja Católica foram rigorosamente seguidos e respeitados. A igreja de minha cidade ainda era nova, pois a cidade também o era. O prédio, despido de qualquer ostentação, era quase só reboco. Telhas altas de amianto cobriam vergas de madeira e ferro. Tenho um álbum de fotografias que registra o fato. Eu, com os olhos fechados e uma pelugem fina e negra na cabeça, de camisa, calção, meias e sapatos brancos, uma fitinha de cetim preto envolvendo o colarinho e imitando gravata, recebia o ungüento do padre, as mãos de minha mãe me segurando ao colo. Uns poucos vizinhos presentes, no começo da vida ainda, vestiam suas melhores roupas, provavelmente as mesmas que usavam para trabalhar ou freqüentar a missa de domingo. Meu pai era chefe de seção no Ministério da Saúde, tinha posição e era respeitado, daí a importância do traje. Foi minha avó que contou que ele só apareceu na hora da comemoração, em casa. Na igreja, um amigo o representara. Ela não se recordava bem do motivo apresentado. Fosse qual fosse, teria relação com a decisão do mergulho a que me submeteria dois anos depois?

Lembrar é um ato tão estranho que, na maioria das vezes, demonstra-se rebelde à nossa vontade, quase involuntário. Mostra disso é que determinadas impressões, de ordem puramente descritiva, não raro invadem os campos arenosos da mente e sufocam aquelas que seriam, aos olhos de todos, as mais vistosas, firmes e vigorosas sementes de nosso pensamento. Daí o nosso descontrole na enumeração de certos fatos e nas cores com que pintamos alguns quadros. Nessa escala de lembranças, poderia ter me ocorrido o afogamento que certa vez presenciei ou a morte de uma arraia por veranistas. Contudo, se o caso do qual me lembro com maior força talvez seja um dos mais prosaicos, não é ele desprovido de menor importância. Foi o meu primeiro beijo, que não aconteceu dentro do mar, mas nas pedras da rebentação.

II. O beijo

Ela era uma jovem vizinha. Morena, recobria a vergonha da inexperiência com relatos pueris, inspirados em romances de revistas femininas e livros baratos de banca. Eu, um adolescente magricela que, mesmo sem acompanhar telenovelas, preferia não ficar por baixo: mentia dizendo ter namorado muitas outras, um enxame de meninas.

Havíamos seguido todo um itinerário repleto de significações românticas: compramos sorvete, desnudamos os pés para andarmos na areia e retiramo-nos dos holofotes de uma cidade que não era mais aldeia, porém um complexo centro turístico com estrutura para receber viajantes de todo o país.

A avenida principal, a Joaquim da Silva e Lima, já abrigava hotéis com extensão superior a muitos edifícios da Capital. O velho pescador, com sua canoa e remos, dera lugar a uma indústria pesqueira de muito maior vigor, voltada para fora, permanecendo a antiga atividade como uma solução para o desempregado que não conseguia espaço no mercado exportador e, contudo, precisava comer, pois o que ganhava com a venda do peixe era insuficiente para as necessidades criadas pela nova sociedade.

Seus filhos aprendiam os ofícios do comércio itinerante. Tostavam a pele com cestas a tiracolo, pintavam o branco do braço com manchetes de jornais, entoavam, com e sem rima, os hinos dos infelizes e anônimos, ou, sob melhor sorte, aguardavam enfadados nas barraquinhas os pedidos de tira-gosto e cerveja gelada.

Guarapari: Cidade Saúde, epíteto muito do verdadeiro, e cruel. Viver a miséria prolongadamente transforma os homens em náufragos sem vislumbre de salvação e tampouco da morte. Uma agonia que mesmo o esplendor de uma geografia privilegiada entedia, amortalha. Esta cidade, que ainda apresenta esparsos vestígios de tempos longínquos, era a mesma a crescer sem se dar conta de seus nativos. O homem simples e rústico tornava-se uma figura esmaecida, obrigada a envelhecer e desaparecer em silêncio para que outro, mais adaptado ao novo, tomasse o seu lugar. Desse modo, a História se escrevia e se escreve. Ainda hoje, no ano de 19..., podemos ver as ruínas de uma igreja, construída pelo padre Anchieta, ladeando casas modestas de veraneio, bem no centro da cidade. Uma placa enferrujada informa o ano e o tombamento como patrimônio histórico nacional; o que não ameniza o fedor dos dejetos vindo de dentro do que seria o salão onde se rezavam as missas; não impede a invasão de vagabundos e viciados; não recompõe os destinos ali naufragados, não esclarece o legado de cada fantasma, mais de uma vez mortos, assassinados; não elucida o presente; não oferece garantias de futuro.

Nós, eu e a morena, indo em direção ao mar, deixávamos a cidade tragar-se. Lançávamo-nos sobre nossos ardores interiores, todos eles medos, titubeios. Sentamo-nos nas pedras, lado a lado, colhendo os respingos de água soltos no ar, olhando para a indecisa luz de um farol. Não ouso dizer o que ela sentiu, mas me pareceu ansiosa, mesmo que eu não tenha olhado para ela, mesmo apenas sentindo sua mão apertar o tecido de minha camisa, seu braço envolver minhas costas, e o meu, pesando sobre os delicados ombros dourados que eu não via, ali, sob a noite, nas pedras. A carne se flexionando e me levando ao embaraço que ela não podia igualmente ver, talvez pressentisse ou desejasse. Uma mão apertando o tecido da camisa, a outra equilibrando o corpo. Eu olhava o farol e pensava num navio deslizando em meio a escuridão, buscando o farol, sem ter noção de si, sem sua luz própria, sem referenciais. A pedra, a carne, a ânsia. Minha perna formigou, adormeceu. Ela me puxou pela camisa que sua mão apertava e nos beijamos. Não houve grandes êxtases: duas línguas que se encontravam e se estranhavam e mais um pedaço de carne estendido e formigando duro como a pedra, perdido como o navio. Então levantamos. Estávamos livres. Livres da pedra, do formigamento e do beijo que jamais repetiríamos.

    Naquele primeiro beijo, algo de oculto se evidenciou. Meu relacionamento com o mar já se configurava inquietante, mas a recatada volúpia juvenil despertara outros sentidos, suaves e pungentes. Isso, de qualquer modo, eu só viria a perceber após um envolvimento bem mais recente – do qual me lembro agora e admito, este sim, ter grande relevância na minha vida amorosa – e no qual não ganharia um único beijo. Foi preciso que o adolescente se tornasse homem, outras férias se pronunciassem e mais uma vez eu tornasse a visitar meu pai.

III. Nova visita

Fazia dois meses que minha mãe falecera e meu pai, que se separara dela há mais de uma década, insistia para que eu fosse morar com ele, onde desfrutaria de melhor condição financeira.

Eu hesitava em abandonar minha rotina em Brasília. Lá, possuía amigos fiéis. Eram, em sua maioria, jovens bem nascidos, filhos de diplomatas e profissionais eméritos, tiveram educação esmerada e freqüentavam a alta sociedade. Um dia, sucederiam aos pais.

Mesmo não sendo muito rica, minha família lutou para que eu usufruísse de um bom ensino, o que, na minha cidade, correspondia a estudar em colégios de padres.

Formávamos um grupo de seis ou sete rapazes, mais ou menos. Conhecemo-nos no segundo grau. Após as aulas de sociologia, ministradas pelo Padre Evilásio, leitor voraz de Marx e Tolstói e nosso mentor, reuníamo-nos no fundo da sala e elaborávamos o perfil dos homens que pretendíamos ser.

Traço aqui um leve esboço de nossas primeiras intenções, início de uma amizade que estenderia os braços até a faculdade. Relato muito curto e superficial em sombra de nossas intricadas e mirabolantes ambições, evidentemente. Planejávamos fundar um novo partido político. Este seria totalmente despregado do conservadorismo que assolava nossos jornais e vida pública, afastando-se, inclusive, dos intelectuais que se diziam liberais, mas pensavam unicamente na liberação de orçamentos. Pois o uso da palavra liberal era a moda de então. Na prática, apenas se vestia o mesmo defunto com outras roupagens. O poder continuava na mão de poucos, a realidade a mesma. Desejávamos conquistar a simpatia popular. Desde que, para isso, não precisássemos banalizar nosso discurso. Seria um partido aristocrático no início, era certo, porém esperávamos angariar a confiança do eleitorado ao demonstrar o alcance de nossas ações; as respostas das longas horas empreendidas no estudo e compreensão de nosso mapa social e político; nossa dedicação e boa-fé.

Mudar de uma cidade como a minha, com largos canais de influência no pensamento do país inteiro, seria um gigantesco erro estratégico na realização do meu sonho.

Em razão disso, adiei por mais duas estações a viagem, receando que meu pai não entendesse a extensão, importância e caráter dos meus ideais. É provável que quisesse me forçar a permanecer consigo, defendendo sua posição de vereador pelo PT e se amparando no argumento da nova família que estabelecera, com mulher e filho.

Já ao me receber no aeroporto, perguntou-me se viera para ficar. Não lhe falei dos planos na política. Disse-lhe apenas que lutara bastante para ser promovido de caixa para tesoureiro, que não poderia de maneira alguma dispensar o dinheiro que ganhava, que faltava somente um semestre para me diplomar em Contabilidade e os livros eram muito caros. Ofereceu-se então para arrumar uma faculdade que aceitasse minha transferência e, também, para pagar o restante dos meus estudos. Agradeci, murmurando uma negativa tímida, enquanto pensava no quanto era determinante, para minha existência futura, que soubesse me impor, principalmente ao meu pai. Mas, ao invés de me mostrar firme e resoluto, simplesmente me calei. Ele se calou também. Prosseguimos calados no táxi e, ao saltar deste para o passeio que me conduziria à casa, me censurei por trazer tantas roupas pesadas: calças, camisas de mangas longas e casaco. Mesmo não sendo verão, o sol queimava sem piedade. Adentrei a casa, cumprimentei a todos, tomei um banho e fui descansar.

IV. Seis adolescentes, a praia e um senhor

Nos primeiros dias que se seguiram, lia pela manhã, almoçava ao meio-dia, estudava à tarde e conversava amenidades durante a noite. Meu meio-irmão era ainda criança. Certa manhã, solicitou-me que o levasse à praia. Minha madrasta estava de acordo e até o estimulara a me convidar, pois queria que nos aproximássemos. Não tive como negar. Tomei comigo os óculos de sol, uma cadeira de praia e parti com o garoto.

Antes de percorrer o calçadão em busca de um local com visão ampla o suficiente para garantir o controle da criança, estanquei no guichê da companhia aérea mais próxima. A repetição incessante das mesmas rotinas, mais o clima falso e úmido da casa, me oprimiam, precipitavam-me. Adiantei meu regresso para a semana seguinte.

Do calçadão, postado sob a protetora sombra de uma castanheira, via o pequeno menino loiro afundar sua pá de plástico na areia amarelo-enegrecida. À sua esquerda, um pequeno grupo de seis adolescentes brincavam, travando embates individuais e correndo atrás uns dos outros espalhafatosamente. Enquanto corriam, emitiam grunhidos e monossílabos entrecortados por estrepitosas risadas. Pareciam um bando de macacos excitados com a visita dos humanos ao zoológico. Parvos, expunham-se ao ridículo duma alegria vazia e plena de gratuidade. Espalhavam areia sobre aqueles que tomavam sol, trombavam com desavisados caminhantes e jogavam-se na faixa menos profunda do mar, apavorando as crianças com selvagens e aviltantes artilharias. Um deles, alto e desengonçado, expunha o horror da sua face crispada de acnes. Como tinha a pele muito branca, trazia o rosto em chaga viva. Outro, de cabelos desgrenhados, ao cair próximo à cabeça de um velho com o corpo semi-enterrado na areia, bravateou o pobre homem, soltando insidiosa e monstruosa gargalhada. A estupidez seria pouca se os broncos tivessem a menor noção de espaço, contudo, queriam dar ares de realeza à indiferença com que tratavam os circundantes.

Essa atitude arrogante e violenta logo me desestimulou a continuar acompanhando aquela apresentação deprimente. Era um completo absurdo. Enervado, desviei minha atenção para direita, onde, solitário, um senhor lia um livro, a capa ilustrada por uma vistosa xilogravura. Achei que fosse uma edição da José Olympio. Depois, fiquei em dúvida. Muitas editoras da primeira metade do século editavam capas assim. Fui então movido pela curiosidade de descobrir o autor do livro. Vagarosamente, passei também a observar a pessoa que o lia, já me dando por vencido diante de letras tão pequenas.

Ele estava sentado sobre uma cadeira de palha trançada. Ao lado, um guarda-sol colorido mal o protegia dos raios luminosos da manhã, afáveis e tênues. Tinha um aspecto severo, o corpo rígido, firme, de uma compleição quase espartana, mas igualmente graciosa, eu diria digna e tranqüila ao mesmo tempo, transmitindo toda a segurança no olhar e um excesso que fazia da grandiosidade algo acolhedor. Estava de sunga, uma sunga branca, uns quatro dedos na cintura, e estendia seu corpo farto pela cadeira, as grossas coxas e as panturrilhas descansando sob o dorso da cadeira, enquanto lia e recebia a brisa marinha que lhe acariciava os pêlos da barba e do peito nu, ondulando-os. Remeteu-me de imediato à saudação de Whitman em seu *I Sing the Body Electric*, aos ginásios gregos onde os homens nus aprimoravam os corpos e entabulavam as mais díspares conversas a respeito do espírito das leis, do significado da amizade ou da essência da virtude. Ele não deveria ter menos de cinqüenta nem mais de sessenta. Sua testa luzia ampla e exibia a calva numa cabeça portentosa e sem pudor, os chumaços de cabelos como louros de césares, finos, grisalhos e sumariamente belos. Seus olhos denotavam vivências várias, ricas e talvez mesmo perigosas, guerreiras. O corpo era bastante robusto e proporcional, sem contudo se inflamar do rigor artificial dos atletas e fisicultores, tendo o ventre orgulhoso dos que não se furtam jamais aos prazeres do pão e do vinho. Era de uma beleza invulgar e sóbria. Seus movimentos eram de igual consonância:

firmes e cheios de denodo. Ele girava o pescoço hercúleo e debruçava o livro no colo, na intenção de respirar livremente e absorver a amplidão fundida de mar e céu. Voltava a ler e parava novamente, franzindo a testa e entregando-se a alguma reflexão recôndita. Observava-o entusiasmado e com certo desconforto. Sua beleza máscula me atraía por meio de um magnetismo inconsciente e incompreensível. Os instintos insuflavam julgamentos de ordem interior, rompiam barreiras. O prazer em seu estado bruto raramente é assimilado por aqueles que não construíram seus próprios valores. Suas debilidades se escondem na espera de uma permissividade social que os anula para a experiência da contemplação e do deleite do que inconscientemente amam e querem. Por mais que a subjetividade de suas paixões se manifeste, o racional prepondera e aniquila o salto que os levaria para a realização. A sutileza ou o rigor de determinadas formas, impondo-se como forças iguais em seus extremos, não são suficientes para lhes tocar a sensibilidade. Ver um homem como aquele fazia-me pensar na potência de nossa vontade, no quanto somos representativos de nós mesmos, no que ele me traduzia de si e era integral e à flor-da-pele: humores, virtudes, defeitos, conhecimentos e ignorâncias. E me induzia a concluir que tanta segurança só poderia se plasmar num espírito que conquistara um mínimo de certezas imponderáveis. O notável senhor parecia dizer que em seus braços seu protegido estaria livre das vicissitudes do mundo, que neles receberia o amparo almejado e necessário a tantas ambições e decepções por vir. O caráter de sua beleza emprestava beleza ao admirador, porque este conseguia distinguir o que há de invulgar na aparente vulgaridade. Muitos certamente sentiram o que eu sentira num instante indefinido de suas vidas, porém, eu suspeitava que poucos houvessem dado completa vazão aos seus sentimentos mais profundos.

Então, lembrei-me do meu irmão. Não o vi brincando na areia. Também não nadava junto à margem. Levantei-me e percorri com os olhos todo o lado do qual me desviara anteriormente. Nesse momento, os adolescentes estendiam seus corpos já inertes de cansaço em toalhas de praia. Mais à frente, um aglomerado de pessoas se confundiam num círculo. Fechei a cadeira nervosamente e comecei a me dirigir para o grupo. Temi ter falhado numa tarefa tão simples como vigiar uma criança. E já imaginava o que dizer para o meu pai, quando, ao me aproximar, notei que o pequeno fujão se integrava àquele tumulto, junto aos adultos e novas crianças, olhando o sofrimento de um cação-anjo a debater-se agonizante numa rede maltrapilha.

Enquanto o repreendia, para que não mais me abandonasse, retornamos com passos largos ao ponto de onde eu partira, as mãos dadas. O senhor, que antes lia, colocara-se de pé, feito um grande e belo urso em seu *habitat* natural. Havia dobrado sua cadeira e colocado o livro debaixo do braço. Quando parei, ele olhou diretamente para mim. Sem entender perfeitamente o porquê, fiquei nervoso. Seu olhar se deteve em mim sem o menor embaraço, o meu se perdeu. Arrumei os óculos e fingi não ter percebido o que acontecia, ligeiramente desconfiado. Ele começou a andar em minha direção. O que era simples nervosismo se aproximou do pânico. No entanto, desejava intensamente que ele me dirigisse a palavra ou ao menos me cumprimentasse. Abri a cadeira e sentei sem quase me dar conta disso. Ele vinha num andar resoluto e com uma calma que desafiava meu autocontrole. Abaixei a cabeça e este movimento foi suficiente para que ele passasse por mim sem que eu o encarasse. Minha frustração e rubor foram menores do que a raiva que senti de mim mesmo. Eu me retraíra diante do que sabia ser algo belo e puro. E, pior, não demonstrei nenhum autodomínio e segurança, qualidades tão admiradas no outro, talvez por ser fraco ao ponto de me envergonhar com a vaga possibilidade de ouvir uma recusa.

 Nesse dia e no seguinte, pensei muito no atraente senhor e no que houvera ocorrido entre nós. A intensidade de meus sentimentos chegara a perturbar meu comportamento em casa. Meu pai, notando o indisfarçável alheamento e a falta de concentração nos estudos, julgou-os decorrentes do meu abatimento pelo falecimento da minha mãe e, talvez, o afastamento da minha cidade natal. Esse pensamento ocasionou que não se opusesse à minha antecipação de partida e encurtamento das férias, salientando que possivelmente a volta ao trabalho até me fizesse bem. Eu já não estava tão certo se queria partir. A cidade não era grande e, por não oferecer muitas oportunidades de entretenimento, possibilitava que as pessoas se reencontrassem com maior facilidade.

Ele poderia estar em qualquer lugar: num dos muitos hotéis da orla, numa casa destinada a temporadas, percorrendo restaurantes, bares, lojas de *souvenirs* ou visitando igrejas. Ou talvez nem estivesse estabelecido na cidade, apenas visitara aquela praia por um dia.

Assim, pus-me a andar por entre ruas sinuosas e arrecifes, procurando uma chance de reencontrá-lo, almejando e temendo por aquele instante.

V. O passeio

No dia que antecedeu o reencontro, caminhava aflito e curioso, sentindo uma estranha excitação. Bem perto do centro, nas redondezas da rua Francisco Goiaba, galguei um morro urbanizado e íngreme que fatigou minhas pernas e me levou a um ponto até então desconhecido por mim. Eram ruas labirínticas calçadas de pedra. Um cemitério abandonado fazia as vezes de praça no desembocar das duas ruas principais. Não avistei pessoas transitando no caminho que escolhi, contudo, ouviam-se vozes dentro de algumas casas. Construções antigas, de aparência quase barroca, ostentavam mofada afetação e se alternavam a outras, novas, sem estilo, ou desprovidas de características marcantes que não sua própria nudez, despojadas do menor maneirismo ou sequer mesmo esboço de cor. Em esquinas, placas pintadas à mão apontavam bares. Senti-me irremediavelmente solitário e querendo fugir de mim mesmo. Entrei num bar um tanto escuro para aquela hora do dia. Um cavaquinho vibrava suas cordas por trás de um rústico balcão de madeira crua. Mãos negras e grossas faziam marcação num surrado pandeiro, acompanhadas por outras que tamborilavam em mesas, copos e caixinhas de fósforo. Rompendo a harmonia, a dor claudicava espaços de pulmão e transpunha línguas e dentes para expressar o lamento do abandono de uma pessoa amada. Eu me sentei numa fria cadeira de aço amarela e sofri com o samba como se o abandonado fosse eu e a dolorosa voz do choroso rapaz atrás do balcão chorasse a minha dor. Quando ele terminou, um silêncio respeitoso se instalou, e ninguém dentre aqueles que ouviam a música ou acompanhavam-na, tamborilando, sequer tossiu ou aplaudiu. Ele, então, se levantou, e, com o cavaquinho numa das mãos e a outra nas costas, inclinou-se para mim, fazendo uma rápida reverência.

Quando saí de lá, sentia que as janelas fechadas

das velhas sacadas atilavam zombeteiras para minha solidão. Os ruídos de dentro das casas me oprimiam mais ainda. Comecei a sentir calor e enjôo simultaneamente. O som dos próprios sapatos sobre as pedras me pareceu alto demais. A respiração foi ficando magra e o ar pestilento. Desci a ladeira com o enjôo de quem ameaçava cair. Já embaixo, o ar marinho imediatamente me revigorou. Voltei a caminhar com interesse redobrado e, revendo pessoas que fizeram parte de meu passado, noutras visitas, sorria-lhes e acenava rapidamente. Logo perguntavam pelo meu pai, esperavam minha resposta curta e permitiam-me seguir em frente. Desse modo, avançando, cheguei à pequena e única biblioteca da cidade.

Nada encontrando de interessante nas estantes de livros, dei com um bonito jornal de poesia em tamanho tablóide. Chamava-se *Huguy Rupi*. Um poema-manifesto saltava da primeira página, anunciando na primeira linha: "Estamos sozinhos mas não estamos sós...". E continuava, cheio de ímpeto, misturando ingenuidade e ousadia. Recordei-me dos meus amigos da política e também dos nossos sonhos. No entanto, detendo-me e refletindo mais sobriamente no primeiro verso, senti a advertência como um recado direto e pessoal: estar sozinho mas não estar só... ter uma força que subjugue a própria solidão, ou, ainda, admitir a presença de uma entidade superior além de nós, vigiando-nos e nos protegendo. Uma força que nos acalente e preencha. No meu caso, estava só e não estava. Tinha tido a coragem e o desprendimento de perseguir a beleza ou o meu ideal de beleza, a coragem de não me envergonhar de valores tidos como ultrajantes, menores e vergonhosos, somente por seu desuso ou diferença. Não, eu não poderia estar só, tinha de acreditar plenamente nisso. Virando para a segunda página, um editorial explicava que *huguy rupi* eram vocábulos de origem tupi e significavam "pelo seu sangue". Ora, a expressão falava da abnegação que deveria ser de todo e qualquer intelectual. O sangue é o elemento que carrega a centelha da tradição como fonte para uma vida nova. Ao mesmo tempo, sugeria a luta para preservação da memória dos que morreram por uma causa e um prenúncio.

VI. Reencontro

No outro dia, acordamos cedo e fomos todos à praia. Por volta do meio-dia, quando o calor atingia seu apogeu e a fome incomodava o raciocínio, procuramos um restaurante, desses à beira-mar, onde se servem peixes a preços módicos e as mesinhas de madeiras são protegidas por guarda-sóis. Um grupo de pagode local repetia sucessos populares para turistas. Mulheres de biquíni remexiam nádegas e pernas, tentando acompanhar o ritmo ou imitar as dançarinas de grupos famosos e na moda. Cervejas desciam aos copos, levantavam em brindes e desciam novamente para gargantas nunca satisfeitas. Crianças corriam, subiam em colos, desciam cadeiras. Garçons perdiam o equilíbrio e o retomavam no passo seguinte e, ali perto, a apenas duas mesas de nós, estava o belo senhor, bebendo caipirinhas e exibindo vitalidade num sorriso largo e branco.

Três outras pessoas o acompanhavam: um casal enlaçado e um outro homem, jovem como eu. Desviei imediatamente a atenção.

Enquanto a mulher de meu pai pedia cerveja, arroz e peroá frito, eu moía e remoía uma angústia injustificada, um ciúme encarnado, uma raiva e um sentimento de ridículo que pela segunda vez me punha em situação de inferioridade. Ah! eu queria saber quem eram aqueles que estavam com ele, queria estar à sua mesa, beber e rir do que certamente soaria engraçado, talvez da curiosidade de um jovem sentado à mesa próxima... Voltei o olhar na direção dele... Ele olhava para mim! Sim, olhava para mim!, e o mesmo sorriso que dirigira para os outros dirigiu para mim. Estremeci. Estremeci, mas não tirei os olhos, fiquei a contemplar aquele sorriso doravante só meu, sorriso camarada, meigo e cheio de vitalidade. Olhos se comprimiam sem se fechar, sorrindo também. A face corada e a testa larga. Eu me senti feliz, éramos cúmplices do mesmo desejo. Quando a comida chegou, comi lentamente, espiando por trás da garrafa de cerveja o casal, o rapaz e meu belo senhor tomarem uma caipirinha atrás da outra. O som das gargalhadas explodia numa alegria arrebatada e chegava até meus ouvidos.

Terminando a refeição e pagando a conta, meu pai manifestou o desejo de ir embora. Pedi para ficar e ele assentiu. Então fui para a areia e me posicionei num local onde podia ver o belo Zeus imperar sobre os mortais. Ele vestia a mesma sunga branca de quando o vira da primeira vez. O corpo grande, o peito alto e vasto, a barriga imponente com ondas desenhadas em pêlos cinzas, brancos e pretos. Em determinado momento, o pagode cessou de tocar. O casal e o rapaz se ergueram, o amável senhor se ergueu de igual modo. Despediram-se e o casal, acompanhado do rapaz, partiu cambaleando.

Eu vi o senhor mais uma vez olhar para mim e sorrir. Ficou um ou dois minutos em pé, olhando e sorrindo, minutos que foram gozados como se fossem eternos. Depois, estendeu o braço me chamando e principiou a andar em direção ao mar. Eu o segui, aproximando-me lentamente até atingir a distância de uns quatro passos. Ele, sem se voltar, mergulhou. Sentei-me onde a réstia de vaga e espuma apenas tocava meus pés. Ele, então, começou a nadar em linha reta, na direção do céu e do horizonte. E nadou, nadou, nadou, nadou até virar um pontinho negro e sumir do alcance de minha visão.

Permaneci sentado por volta de três patéticas horas. Três patéticas horas esperando que o casal e o rapaz dessem pela falta dele, que era tão importante para mim. Nem o casal nem o rapaz retornaram. Eu não esperei mais, fui embora. Não queria ver o corpo sem vida daquele que outra coisa não fora para mim.

O dia está para amanhecer, resolvi não mais querer entender o mar, resolvi não mais escrever, nem mesmo um bilhete de despedida. Nadar e desaparecer não seriam suficientes para mim, pois o que me importa mais não é chegar até a uma resposta, mas manter a pergunta viva: teria dado certo?, dará certo um dia? Que me importam a política, a família ou a necessidade de uma moradia e profissão diante disso? O sol queima e não quer se extinguir, não quer se afogar. E o corpo, o corpo é santo.

Solto o papel e a caneta no chão e miro o mar, o céu e a praia. Vagarosamente uma negra toda de branco e coberta de colares e guizos vem do calçadão e avança pela praia. Ela é muito magra, veste várias saias por baixo de uma outra, feita de linho. Na cabeça, um turbante. Pulseiras de ouro e figas envolvem os seus braços, onde mima radiosa um frágil barquinho de madeira e pano. Dentro, rosas brancas. Ela coloca o barquinho no mar e se põe gostosamente a cantar: "Iemanjá, ê, ê, é a rainha do mar. Ê, ê, Iemanjá, é a rainha do mar..."

Um marujo o abismo do mar guardou consigo.
Konstantinos Kaváfis

CALÇAS DE PINTOR

A curiosidade surgiu na festa em que brigaram. Era aniversário de Paula. Zuba chegou e, num meio sorriso, lhe entregou o embrulho.

Jogar no chão com violência o presente aberto e assim expor sua brincadeira aos olhos dos amigos, que eram amigos mas nada tinham a ver com a piada, foi uma sacanagem de Paula.

O que queria dizer com a brincadeira era que aquilo não lhes significava absolutamente nada, apenas ausência, um vácuo no campo de desejos das duas. A intenção fora apenas diverti-la. Não imaginou ser mal interpretada.

Agora, sentia-se traída e envergonhada. Não estava acostumada a dividir as idéias que lhe rondavam a cabeça. Chamar sua atenção para tanta gente, mesmo que por poucos instantes, lhe causava vertigens. Era uma velha fobia que sentia. A timidez. Por causa dela não namorou ninguém durante sua juventude. As amigas? Penduravam-se nos lábios dos rapazes, galinhavam. Ela, durona, permanecia só. Então apareceu Paula. E, como num milagre, ajudou-a a vencer parte do seu medo. E uma parte já lhe parecia muito, considerando a luta para chegar até ali. Paula a fazia feliz, eram fiéis uma à outra. As amigas debochavam dessa exclusividade, porém Zuba só curtia relacionamentos monogâmicos. Nesse ponto era tradicional. E não abria mão de seus valores mesmo quando os de sua tribo a chamavam de careta e heterofancha, termo inventado por Drica. Em compensação, era descolada em muitas coisas. Diga-se o visual agressivo e o baseado que fumava vezenquando. Que importância poderia um pinto de borracha assumir em suas vidas? A glande com um falso brilho e rigor, pulando no chão do bar. Todos olharam. Alguns riram. Quem ela quis provocar e subtrair um olhar alegre e cúmplice, no entanto, lhe encarava duramente. Paula jogou o presente no chão e transformou a brincadeira de Zuba num espetáculo grosseiro e descabido. Sacanagem. Sacanagem pura. Foi para o outro extremo do bar.

Mexia as pedras de gelo do uísque quando ouviu o cara em frente falar:

– E aí, Tuzuba!

– Quê?

– Tuzuba! Tuzuba-Lautrec!

– Meu nome é feio mas nem tanto. Não saquei...

– São suas calças xadrez...

– Que que têm elas?
– São iguais às que o Tolouse-Lautrec usava.
– Tulu...? Nunca ouvi falar.
– Tolouse-Lautrec, o pintor!
– Tô por fora.
– O pintor... Ah, deixa! Esquece!

"Cara mais babaca!", pensou. Pensou e olhou mais atentamente para ele. Era um sujeito de cavanhaque e quepe. Tinha pinta de ser de fora. Provavelmente um convidado de convidado. Ou artista como tantos, cheio de papo e muita pose. O sotaque – ou a falta de – lembrava o povo de Brasília. Talvez só quisera impressionar, se exibir um pouco. "Calças de pintor, ô animalzinha! Mulher burra!" De modo geral, era assim que ela via os artistas que conhecia, gente com o ego inflado e se estapeando por uma platéia. Não se interessavam por ninguém que não eles mesmos. "Uns chatos! Os de Brasília, pior ainda, cidade mais chata e escrota. Vai dizer aquela arquitetura horrível, igual a do Memorial da América Latina." Que solidão violenta sentia quando tinha de passar no Memorial! Chegava a doer a amplidão. E quando fazia sol de rachar? Nenhuma sombra pra se proteger. Brasília, na sua cabeça, um gigantesco memorial, uma cidade vazia e sem esquinas, triste demais, jovem demais, sem raízes. "Brasília não tem cara."

Zuba desceu as vistas sobre o próprio corpo e ficou apreciando as calças que lhe serviram de comparação. Não eram novas, comprou-as num brechó de esquina, esquecidas num monturo, ao canto, e envolvidas em panos e toda espécie de acessórios sem utilidade. Bateu a poeira com a mão e logo as separou para provar. Ficaram ótimas. E este "ótimo" muito a surpreendeu, pois foi um caso raro em sua vida. Roupa comprada pronta, para ela, era uma dificuldade, nunca servia. Considerou espantoso o achado, as calças sob medida, perfeitas. Deparando-se com o espelho, as pequenas e grossas pernas envolvidas no macio tecido xadrez todo tracejado de finas linhas cinza, azul e preto, achou-se atraente. E nem precisou de bainha. Foi para a festa convicta de estar bonita para Paula. Brigaram. E agora um babaca qualquer vinha encher o saco, misturando seu nome ao de um pintor sabe-Deus-qual? Bebeu o uísque diluído no gelo e se arrependeu de não tê-lo mandando à puta que o pariu. Quem diabos era "Loutré"?

"Um francês", deduziu.

De que servem os nomes quando esses não dão nenhum significado passado e futuro? O que dizia este nome além da referência de pertencer a alguém que usava o mesmo tipo de calça? Estaria vivo?

"Tuluze Loutré, o pintor. O pintor de calças xadrez", disse para si.

Depois, repetiu em voz alta:

– Da MINHA calça xadrez!

Ah, talvez fosse melhor seguir o conselho do carinha e apenas esquecer.

Chegou em casa mais de cinco, já amanhecendo. Sua irmã Berta se levantara e se preparava para ir correr no Parque do Ibirapuera. Estava flácida e seu médico a aconselhara a praticar esportes. Tinha mais de trinta e cinco anos. Um dia, ao subir os três andares do velho prédio onde trabalhava, na rua Treze de Maio, sentiu forte taquicardia, um dilaceramento no pulmão e as pernas tremerem. Mas não foi esse o motivo pelo qual se decidira a consultar o médico. O mal-estar havia ocorrido cerca de um mês e meio antes da consulta. O motivo real tinha sido a admissão de um novo *boy* na empresa, de apenas dezessete anos, e a necessidade de Berta aparentar juventude. Ela se apaixonava muito facilmente. Certa vez caiu de amores por um professor de francês, um cearense filho de pais ricos e metido a intelectual. O resultado é que se meteu a ler uma porrada de livros sobre política, filosofia e arte. Na política, não passou da primeira leitura de Bakunin. Na filosofia, com muito custo terminou o *Convite à Filosofia*, da Marilena Chauí. Em arte, no entanto, tomou gosto e chegou mesmo a visitar vários museus e galerias locais. Assim, simpatizou por tudo quanto artista moderno pós-Impressionismo. Como o professor prometera lhe visitar um dia, ela fixou algumas reproduções de Lucien Freud e Francis Bacon na parede da sala. Infelizmente o professor nunca apareceu, tendo viajado para Paris logo em seguida. Lembrando-se da antiga paixão da irmã, Zuba arriscou perguntar:

– Mana, cê já ouviu falar dum cara chamado Tuluze Loutré?
– Toulouse-Lautrec? Claro! Por quê?
– Bem, é que, eu queria saber quem é.
– Quem é, não, quem foi. Foi um pintor famoso.
– E o que mais?
– Era francês, morreu no início do século e... um bêbado safado que morava na zona.
– Morava na zona?
– Foi.
– Ah, falou! Brigadão.
– Só isso?
– Só.
– Então, vê se dorme e, quando acordar, se puder, arruma a casa pra mim.
– Pra nós, lembra? Também pago o aluguel...
– Não esqueci. Tchau!

Zuba atravessou a sala e espiou a secretária eletrônica. "Não deu tempo de ela chegar em casa ainda", justificou. Depois, seguiu para a cozinha, bebeu dois copos d'água, voltou à sala e se sentou no sofá. Fitou o telefone por dois minutos, tombou e adormeceu.

No início, um sono tranqüilo. Sonhava que estava fazendo uma tatuagem em alguém. Súbito, percebeu ser a maior que já fizera. Era enorme e o corpo que a recebia era lânguido e interminável e nele não se enxergavam as extremidades. As dimensões do corpo, porém, não a incomodavam, tal era seu amor à profissão. Linhas curvas e coloridas se entrelaçavam e criavam sinais e formas que ela sempre desejou desenhar quando estava no estúdio, mas terminava por se limitar ao gosto duvidoso dos clientes, que se adiantavam na escolha e traziam desenhos prontos de revistas nacionais e importadas. Eram sempre de uma pobreza imaginativa sem tamanho: cavalinhos, flores, caveiras, beija-flores, cogumelos, ídolos da música pop etc. Nada de pessoal, de novo, de criativo, pleno de significações. No sonho, ela via desenhos nunca antes vistos e imaginados surgirem com graça e espontaneidade. Próximo ao que seria o umbigo, ela desenhou uma cortesã chinesa vestida com roupas do século XII e fumando ópio. À esquerda, folhagens lilás e azul-turquesa. E sem saber como nem por quê, ela rabiscou estranhos anões com falos enormes. Ao fazê-lo, o estranho e incomensurável corpo começou a mexer e montanhas de braços, pernas e nádegas se ergueram do nada. Logo o sonho mudou para branco e preto como nos filmes antigos. Os anões então tomaram vida e correram a se insinuar entre tanta carne. Um som abafado e lento se fez ouvir e foi crescendo e crescendo até transformar-se em gemidos úmidos e leitosos. Zuba sentiu-se sufocada e disparou a correr de um lado para outro, xingando os anões: – "Sacanas! Desgraçados!", enquanto desatava um choro. Nesse instante acordou. A cara estava amarrotada e os olhos pesados. Olhou a secretária mais uma vez. Nada. Eram onze e trinta e cinco.

No outro dia, acordou cedo. Garoava o suficiente para cobrir o asfalto de um véu inconsistente. Zuba comprou o bilhete para o metrô e se dirigiu à Biblioteca Mário de Andrade. Chegando ao prédio, foi direto às estantes das enciclopédias. Era assim que procedia ao preparar os trabalhos para escola, copiava as enciclopédias e se limitava a trocar uma ou outra palavra. E sempre tirava dez. Retirou o volume da *Delta Larousse* correspondente à letra T e, levando o dedo ao alto da página, deu com o nome do pintor. Leu apressadamente a data de nascimento, os nomes dos pais, quem ele conhecera, onde morou e o reconhecimento que conquistou em vida. Duas diminutas ilustrações assentavam no alto da página. Todavia, para biografia de quem morou num bordel, elas pouco diziam. Representavam cenas burguesas que ela não se deteve em apreciar. Queria mais.

Da biblioteca foi para o Masp. No caminho, comprou um cartão telefônico. Antes de entrar, tentou telefonar para Paula. Quando ouviu o sinal acusando o chamado, desligou. A namorada é que havia sido intransigente. Guardou o cartão na bolsa e entrou.

O espaço daquela "estranha caixa de fósforos" aparentava ser maior dentro do que fora. Alguns funcionários davam informações, duas mulheres ociosas aguardavam no balcão e os vigias, espalhados nos corredores, exigiam distância. Indiferente a eles, Zuba optou por fazer sua jornada sozinha. Desse modo transitou nos corredores por quarenta minutos até encontrar os quadros do Tolouse. Porém, ao apreciar o primeiro trabalho, soube de imediato que não olharia para mais nenhum outro. Era um cartão e intitulava-se "O Leito". Nele, viam-se duas cabeças, sobre travesseiros, no plano central de uma cama. Os corpos engolfavam-se sob as cobertas. Não dava para se definir se eram homens ou mulheres. Zuba, no entanto, não alimentou nenhuma dúvida, eram mulheres! Toda a atenção se voltava para essas cabeças, por imposição de força cromática. O cobertor era vermelho e verde e tomava o canto inferior direito. A parede de fundo, que também poderia ser a cabeceira da cama, pois não se definia onde começava uma e terminava a outra, era de um tom que pendia ora para o amarelo escuro ora para o marrom e ocupava o plano superior. As duas cabeças olhavam uma para outra, entre os travesseiros e o avesso do cobertor, e recebiam uma luz dourada de sol, como se premiadas pelos fatigantes serviços noturnos prestados. Ambas estavam contentes. Contentes por se encontrarem ali, juntas, protegidas da violência do mundo, desfrutando de um afeto sem obrigações, que nada devia a ninguém, e, por essa mesma razão, isento, puro e desinteressado.

    Zuba ficou ali por muito tempo, pensativa, contemplando a pintura. Súbito, uma energia nova lhe envolveu. Decidida, deixou o museu e entrou na primeira cabina telefônica ao seu alcance.

Após falar por alguns minutos, pôs o fone no gancho. Depois sorriu e saiu. Saiu chutando, feito um moleque, com as mãos no bolso, as pedras sobre a calçada.

II

FIM DE LINHA

I

Logo que o ônibus despontou no horizonte turvado de fuligem, Nelson fez sinal. O estômago queimava. Investiu na última tragada de um cigarro que ameaçava queimar-lhe também a ponta dos dedos amarelados. Abriram-se duas covas nas bochechas, apertaram-se os olhos amendoados.

Era o último cigarro da última carteira. Quando se espera em filas, as tragadas são mais fundas e rápidas.

Antes, costumava reclamar do banco. Os clientes chegavam no seu caixa, de quando abria até fechar, e lhe jogavam os depósitos, cheques, fichas de compensação e contas, um após o outro. "Muito obrigado, senhora." "Um instantinho, por favor". "Como tem andado?" "Não se incomode, eu preencho pro senhor."

"Olhe, está faltando quinze." "Um minuto, não tenho troco pra cem, vou pegar noutro caixa." Dentro, não podia fumar.

Agora que estava livre do banco, ou, melhor dizendo, que eles haviam se livrado dele, não dispunha mais de dinheiro para comprar cigarros. Além do dinheiro da passagem, só restaram vinte e cinco centavos do seguro-desemprego. O suficiente para comprar um picado, não fosse o cego ter-lhe suplicado o trocado. Desajeitado, não teve como se esquivar. "Cego maldito!", pensou com raiva.

O ônibus surgiu e parou mais à frente de onde estava. Nelson jogou a guimba ao chão.

O sol declinava no vidro do pára-brisa e, como num jogo de espelhos, se duplicava nos grossos óculos do motorista. Em breve, anoiteceria.

Estendeu os olhos mais para o interior. Os passageiros que estavam em pé formavam uma colorida aléia de ternos, jeans e saias. Girou a roleta sem olhar para o cobrador, deixou o vale-transporte como espremido das mãos e, abrindo espaços, zuniu até um assento vazio, no fundo. "Que sorte!" Hesitasse, outro teria tomado o lugar. Sentado, sentiu irreprimível felicidade, tão cheio estava de um monte de coisas que se acumulavam e o privavam de pensar em si mesmo, ficando tudo com um gosto de desgosto, nem amargo, nem doce, porque dele não se acentuava nada, como se a sua vida não tivesse importância e ele não desse importância para a vida. A mulher que pensava amar, amava a um outro. E ele nem mesmo acreditava que ela amasse aquele babaca de verdade. Que era um babaca e tinha carro e casa própria. Na verdade, um apartamento no qual ele dizia comer uma porrada de meninas. Nelson, um cara sem lar e sem emprego, poderia dar algo de si para alguém? Algo que não fosse sua falta de vontade e inépcia em considerar o mundo? É bem verdade que lar ele tinha, apesar de não ser de fato seu, mas alugado. Setenta por cento do seguro-desemprego era gasto em aluguel. E quando alugamos algo, aquilo passa a ser nosso enquanto pagamos. Pensava nisso quando seus olhos pesaram e ele começou a dormir, levado pelo carretel de pensamentos. O balanço do ônibus o embalava.

II

Despertou com a sensação do corpo formigando e a surpresa de não estar mais em movimento. As sombras lentamente abandonavam seus olhos, recaíam tímidas nos assentos. Percebeu-se só. Primeiro, o sentimento de embaraço. Depois, o esforço para localizar-se. "Idiota", sussurrou para si. Em seguida lembrou que o mesmo já se sucedera com outras pessoas, que muito vira e rira das pessoas que adormeciam nos coletivos. O pescoço pendendo sobre o ombro ou sobre o peito e o rosto estampando uma feição ridícula. Levantou. Ainda não escurecera totalmente, tudo se afigurava sem contornos, apagado, fugidio. A paisagem misturava-se à sujeira das janelas e se perdia em pontilhados e manchas.

O ônibus não estava em nenhuma estação, em nenhuma rodoviária, em nenhum estacionamento. Simplesmente parara numa clareira. Quatro ruas a cercavam e formavam um quadrado, perto uns cem metros uma da outra. Como nunca seguira aquela linha até o seu final, ficou a pensar que lugar seria aquele e onde poderiam estar o motorista e o cobrador. Certamente voltariam. O ônibus deveria ter quebrado, os passageiros levados para outro veículo e o motorista seguido atrás de um guincho. Mas se assim era, porque ninguém o acordara para acompanhá-los?

Ficou quinze minutos sentado, fazendo conjecturas. Finalmente resolveu sair, decidido a tomar nova condução para casa. Forçou suavemente as portas traseiras e pôs-se em liberdade.

Fora, pode observar as ruas com maior atenção.

Eram rigorosamente iguais. O chão era de uma terra acinzentada batida e as casas todas de alvenaria. As cores, de um tédio mortal. Apenas uma janela e uma porta de madeira pintadas de verde compunham as fachadas. As paredes, brancas. Não se viam plantas ou adornos quaisquer que as distinguissem. Também não havia postes de luz próximos, nenhuma iluminação artificial. Nelson sentiu-se também nu e rapidamente percorreu o corpo com os olhos.

Usava uma calça jeans azul bem desbotada, uma camisa de algodão branca com botões e um tênis barato, sem meias. Talvez fosse por isso que não conseguira a vaga de digitador no escritório da W&W, não bastava sua extrema velocidade no teclado.

Começou a andar e se meteu numa das ruas, disposto a encontrar um ponto qualquer, já que tudo lhe parecia sempre impessoal e repetitivo.

Nisso, viu aproximar-se um senhor de aspecto bem bonachão, de barba e bigodes. Sorriu ao notar que o estranho se vestia parecido com ele. Usava uma calça de tergal clara, talvez bege, e uma camisa azul com botões, aberta na barriga, deixando entrever o umbigo. O calçado era um sapato mocassim muito desgastado. Não obstante, sentiu-se seguro para lhe pedir informações.

Articulou a primeira frase e esperou por uma resposta. O senhor, sem mesmo parar, o fitou, mudo. Uma grossa lágrima rolou pelo rosto macerado, embebendo o bigode meio ensebado e grisalho e deixando Nelson incomodado.

"Que porra é essa?!", sacudiu a cabeça ligeiramente aturdido, ao passo que o senhor se distanciava. "Será surdo?... Maluco?".

Continuou em frente.

A rua estava sombria e solitária. Uma luz pálida e

rala bruxuleava de uma janela, exibindo a silhueta distorcida duma pessoa como num filme de Murnau. Era uma velha. A parca luz denunciava um semblante grave e austero. Trazia um lenço vermelho à cabeça e apoiava o queixo com uma das mãos, enquanto a outra se espalmava sobre a testa. Era uma testa por demais enrugada, e uma face inteiramente escalavrada. Nelson sentiu-se velho também. A voz dele escorregou num fiapo de interrogação. "Dona, que lugar é este? É bairro novo? Não vi nenhuma placa." A velha se manteve indiferente. "Como posso fazer para pegar um ônibus?", acrescentou sem vontade. A mulher arregalou as pálpebras finas e moles e, numa expressão mais que melancólica, mais que tristonha, deixou cair uma lágrima sobre o rosto estático, frio e copiosamente sulcado. Esta gota, tão rala e magra, salgou o coração de Nelson e fê-lo achar o ambiente e as ruas mórbidos. O desespero de não compreender aquela dor gratuita, magna e impenetrável, misturou-se às escuras tendências de Nelson. Se continuasse a ver aquela face tétrica da morte, desfaleceria ali mesmo. Fugiu, oprimido pelo terror da visão horrorosa.

Desse modo, correu. Correu e correu por outras ruas idênticas àquelas, que agora emitiam um odor pestilento. Crianças perambulavam em algumas delas, e, mesmo as crianças não brincavam ou esboçavam menor sinal de alegria. Ficavam laconicamente paradas ou seguiam os adultos como robôs.

Evitando de olhar uns para os outros, aquelas almas aprisionadas causaram a impressão a Nelson que ele talvez estivesse morto, ou que a loucura houvesse se abatido sobre ele e estivesse ainda no ônibus em que subira. Lutava para achar uma explicação e não conseguia.

Aflito, de todos que ousou inquirir, recebeu a mesma dolorosa e inexpugnável lágrima. Tornou-se um desgraçado como os demais. Não se aventurou mais a olhar para ninguém, contentou-se resignadamente com o seu destino tortuoso. E, assim, desfila pelas gretas daquela terra cinzenta. Se uma outra vítima do misterioso carro vem do crepúsculo e lhe toca nervosamente o ombro, ele apenas se vira para ela e deixa que a gota sulfurosa lhe queime a face.

LUZ MORTIÇA

A vida me dói até às pontas dos dedos. E vem um esgueirar-se por saídas, um desespero – o quarto. Sinto raiva. Muita raiva. Depois choro, grito por socorro, arranco palavras mudas de meus pulmões secos. Estanco as lágrimas para não tossir grosso uma tosse de cachorro, a boca quase beijando os joelhos, envergando a coluna já torta de tantos danos. Uma baba fina escorre pela barba espessa e dura. Tento explicar para mim mesmo que foi um engano, que nada tenho com essas coisas, que tudo vai acabar rápido e a calma voltará a reinar, por que assim Deus quer e eu não me chamo Jó para passar por todas as dores do mundo, o castigo e a loucura do mundo nas minhas pobres costas, tesas, humilhadas, suplicantes. Os cantos somem nas sombras, ampliam a idéia que tenho de tamanho, a percepção do fim. Já percorri cada palmo do cômodo e tudo o que encontrei foi frio. Antes eu não sentia raiva, era medo intenso e brutal, contudo, mesmo que a gente pense que não, nos acostumamos à dor. Ela passa a fazer parte de nós. E o medo vai embora, toma outro curso. Que importam minhas posições políticas diante tudo isso? Nada justifica o sufocamento, o choque, o transido de podridão e amargor de que me alimento, desde o desjejum, e que ocupa a faixa de meu dia e confunde manhã, tarde e noite. Se soubesse, teria ido? Teria estado lá? Distribuído panfletos, falado alto no microfone? Não era eu que estava lá, hoje eu sei, era minha juventude falando pelo meu corpo, assegurando-se dos meus músculos, da capacidade de minha voz. Tudo um engano. Breve estarei sendo retirado daqui, os trapos que cobrem meu corpo queimados num latão de um descampado qualquer, a perna voltando a se movimentar, ter força própria, a barba escanhoada, meus olhos brilhando e eu podendo novamente me olhar como a um homem, um homem se vendo e comunicando o seu esplendor, a miséria deixada para trás, a escuridão varrida das veias, um futuro. Nada dessas paredes vazias e sem memória, o esquecimento e o desconforto. Minhas visitas serão outras e, quem sabe, tragam flores nos braços, ou bombons, ou uma fotografia de alguém querido, ou até mesmo um beijo? O braço do algoz não se levantaria mais e em seu traje branco não me administraria injeções, não me aplicaria golpes que não deixam marcas, não cortaria minha respiração e me obrigaria a dizer nomes, lembrar de fatos ou conectar ligações que estão mortas em minha mente. Não desejo mais estar amarrado à cadeira, mesmo que dela eu possa ver o céu, as nuvens, os pássaros e o sol, imaginando onde posso estar, se num altíssimo apartamento no centro da cidade ou numa loja erma de um bloco da periferia, na razão por que não ouvem meus gritos, não atendem meus rogos, não secam minhas lágrimas. Amarrado à cadeira puxam minha cabeça pelos cabelos já fracos e cospem na minha cara, dizem para chamar Marx, Lenin, Prestes, Marcuse, Marighela, para cantar o hino da Internacional, a música das flores do Vandré. E riem, riem da minha impotência, dos meus sonhos, de meus estremecimentos. Eu procurava não olhar diretamente para janela, não denunciar a liberdade que desfrutava, o prazer das cores num aposento onde o cinza era tão presente que desfazia as formas, apagava os contornos da realidade. Funcionou por algum tempo, talvez meses, acho. Mas o maldito, com seu uniforme de açougueiro, seu punho e seus anéis de metal, ah o maldito, ele tinha de perceber, tinha de perceber, fosse outro não notava, eu só olhava para o azul, o branco, o amarelo, às vezes levemente vermelho, depois de ele me esmurrar. Estava na cadeira amarrado e ele me batia e eu inclinava o rosto e então finalmente, por poucos segundos, possuía o exterior novamente. Mas não sei precisar como ele percebeu, se me traí com uma contração de canto de boca, se foi simples intuição. Daí em diante me aprisionaram na cama.

Esta cama. Agora tudo o que alcanço é uma rachadura que vai do teto ao chão, as manchas de umidade crescendo e inchando o reboco, empurrando as placas, as cascas da parede, para o vazio, para a escuridão vaga dessa luz mortiça em que vivo, as imagens se repetindo incessantemente, não importando esquadrinhar, fechar os olhos e abrir de pronto, não adiantando chorar e turvar a mente com as lembranças roubadas, perdidas numa cela do DOI-CODI, na multidão colorida em que Ângela se meteu, ela, no colégio, o sorriso, a pele achocolatada, os peitos grandes encobertos pelos livros. Ângela, como poderia esquecer esse nome, Ângela foi quem me levou, por ela distribuí os panfletos proibidos, por ela assisti às reuniões do Partido. Será que eu disse isso ao maldito? Será que a denunciei enquanto dormia e acordava e dormia e acordava de novo? Será que há outros como eu por trás das paredes contíguas à minha prisão? Ângela. Tão perto? E quem virá para me tirar? Suas coxas exuberante e brilhantes maculadas pelo açoite, vergadas de cintos militares, o sangue misturado ao suor, os lábios grossos rachados, o rosto desafiador assustado, talvez, talvez os braços macios se apresentassem tesos, o sexo íntegro, belo, fendido pela violência de um amor não solicitado. Não, não é possível. Se o mundo e suas palavras me falham, Ângela em mim existe inteira, irretocável. Como ao andar pelos passeios de mármore com suas longas botas de couro, um sorriso e a consciência de grandeza e poder que se intensificam ao declamar José Régio, a voz tonitroante, plena de emoção, uma Bethânia Negra, dançando no ar, projetando-nos para dentro do poema, fazendo-nos querer a beleza de seus olhos orientais, quase-místicos, transcendentes na curva dos cílios, nos braços finos, nas mãos longas. Era ela recitar e o pátio do colégio ficava em silêncio, o bar ficava em silêncio, as pessoas absortas e certas da verdadeira linguagem da poesia. Que eram os planos de resistência, a luta e a ideologia perto disso? Uma desculpa simplesmente, a paz se escondia nela, no corpo dela. Seduzido, seduzi. Houve uma noite em que emborcamos uma taça de vinho sobre o tapete de renda branca, dispensáramos o aparato das luzes artificiais, espalhamos velas coloridas por todo o piso vermelho, as roupas espalhadas, roupas também coloridas celebrando alegria, alegria e a passagem da banda, uma camisa engarranchada ao pé, o quente dos tecidos servindo de cama, recolhendo nossos fluídos, nossos cheiros, o amor estendendo-se na consumição da cera, horas e horas juntos, atrelados, sem dizer palavra, apenas nos protegendo um ao outro até que a vela se apagasse e as luzes espalhafatosas de um camburão atravessassem as vidraças sem cortinas, cortando nossa respiração, aninhando-nos mais e mais. Nosso endereço passara a ser siglas de letras e números, etiquetas de crença, códigos de morte, não o abrigo onde moravam nossos familiares, o lugar para onde voltávamos depois das aulas, dos comícios ou das reuniões. Ângela não queria dormir, não descansava, nunca, mesmo quando os olhos se fechavam. Nós tínhamos um plano, entende?, nós tínhamos um plano para o amanhã. Era uma pontada em nossos corações e não se relacionava com a idéia vaga de deus, família e propriedade, ou um esconderijo para o medo. Deus era o agora; a família, uma conseqüência; e a propriedade: roubo. Vejo isso bem claramente. Tão claro quanto a raiva de toda essa situação, o estraçalhamento, o estilhaçamento e o caos gravitando em cada centímetro de ar, me arremessando para o fundo desse alçapão negro em que me encontro, a solidão sujando as paredes e paralisando os movimentos. Sinto raiva dos dedos vincados como a casca grossa de uma árvore apodrecida, da flacidez do meu ventre afundado no colchão de espuma, da tibieza das pernas brancas em que se enrodilham róseas e violetas espirais, do peito que parece se quebrar ao meio sob a explosão cáustica da tosse, da espinha curvada e nua como a de um peixe morto num desenho animado. Por vezes sou obrigado a admitir que anseio o líquido injetado no braço, o torpor e a embriaguez das drogas turvando o vazio de existir, a falta de Ângela e da visão de céu enclausurado na janela. A droga. A droga. Desconfio que a droga quer me arrancar as verdades, o pacto sagrado do sentir, a ilusão de que tudo repousava dentro, lá no fundo, o infinito inteiro. São momentos no qual suporto a humilhação de ser imobilizado e golpeado por braços e mãos ornamentados de luvas e trajes brancos. O branco é o branco dos açougueiros: sujo de sangue. Mas eu nunca sei se me ministrarão o esquecimento ou se me afogarão num tonel de água escura, pois não sei o que esperam de mim, se lhes basta que eu me cale, cesse o choro e os gritos ou não seja mais quem sou. Tento me convencer que serei salvo, a janela se ampliando e me absorvendo para a liberdade, ou simplesmente que se cansem desse jogo e pensem em me substituir por outro, pouco me importando exatamente quem, desde que outro, um homem, um sobrevivente como eu. E chamo pelo socorro. Esperando o salvamento, esperando o dia em que possa voltar a falar de Ângela novamente, minha boca pronunciando o som de seu nome. O sofrimento não será em vão, terá valido a expectativa de ver a porta se abrir repetidamente e a frustração de me surpreender ao me deparar com o mesmo e maldito algoz, esse mesmo maldito algoz que ora me segura. Quando enfim a luz mortiça deste quarto for um sol de primeira e última grandeza.

– Ele está bem?

– Sim, está.

– Pensei que tivesse ocorrido algum problema, pelo jeito que ele berrava.

– Eu o sedei para que descanse um pouco.

– É comum acontecer isso?

– As crises?

– É, as crises.

– Mais ou menos. Tem épocas que eles ficam mais tensos. Talvez seja o calor. A dona Dirce, por exemplo, fica insuportável no inverno. A senhora sabe que o inverno daqui não é muito rigoroso. Além do mais, mantemos toda a clínica numa temperatura de dezoito a vinte um graus ambiente. Não há uma explicação lógica.

– Eu gostaria de lhe fazer outra pergunta.

– Por favor.

– Ele alguma vez disse meu nome? Ele se lembra de mim?

– Não, nem uma única vez. A psicóloga o estimulou, mostrou fotos da senhora e os filhos, mas nada.

– Ele foi um homem muito importante.

– Eu sei, vi num programa da televisão quase por acaso. Estava zapeando à toa e dei de cara com ele no canal educativo. "Olha, seu Joubert mais moço!", disse pra mim mesmo. Ele era bonito, os cabelos lisos e grisalhos, o queixo partido. Pena o que aconteceu.

– É verdade. Mas isso não o impediu de fazer belos filmes. Ou melhor, no início não foi um problema, a coisa foi crescendo e... e... Meu Deus, tornou-se maior do que nós.

– Compreendo. De qualquer forma, a senhora não precisa se preocupar, ele está sendo muito bem tratado aqui.

– Agradeço.

– A senhora é muito jovem, ainda pode voltar a se casar.

– Você acha?

– Mas é claro! Tão bonita quanto a Naomi.

– Exagero seu.

– É sério. A senhora também foi artista como seu marido?

– Artista? Eu? Não, não mesmo. Sou relações-públicas da Câmara dos Deputados.

– Ah, bom. De qualquer forma, deve conhecer um monte de gente importante.

– Alguns.

– Pronto, está terminado. Agora temos de ir.

– Os olhos dele parecem marejados.

– Deve ser por causa do medicamento.

– E a luz, essa luz não é muito fraca? Ele passa os dias todos em penumbra?

– Praticamente. É recomendação médica. Ajuda a dormir. Por favor, dona, preciso atender outros pacientes.

– É que eu sonhei com ele na noite passada.

– Entendo. Deve ser muito duro saber que o próprio marido está catatônico, mas a senhora tem de reagir... A vida continua.

– Sim, a vida continua... Mas de que forma?

– Preciso trancar o quarto, senhora.

TRINTA E UM DO DOZE

para Djalma

*A morte perde o seu sentido
nos lugares onde a vida não chega.*

MARGUERITE YOURCENAR

Que demora. Justamente hoje, com esse sol queimando a moringa que o lenço tá preto de tanto eu enxugar a testa. Mas ele não me escapa. Tá pensando que malandro é besta? Bati, e bati bonito. Um só a mais. Uma única vez em todos esses anos. Tenho de comemorar. O velho vai ficar puto. Vai ficar puto. Eu vou pagar uma cana pra ele e olhar bem pra cara dele e falar bem devagarinho: "Olha, Velho, eu ganhei. Tá me ouvindo? Hoje é trinta e um do doze e fui em mais enterros que você. Sou mais importante que o ACM! Mais foda que a cangalhada de políticos toda!" De início, ele não vai acreditar. Vai achar que é mentira minha: "Pensa que sou bobo, Américo? Sô bobo não! Bobo é você que espera convite e precisa ler anúncio de jornal pra pegar na alça do navio". Eu, que ano após ano o escutei contar vantagem, dessa vez ganhei. Estava cansado de ouvir que ele é que era o bom:

– Em noventa e oito fui nuns cinqüenta enterros, quase um por semana. Morreu muita gente em noventa e oito. A maioria, pobre. A família oferecendo velório sem lanche, sem bebida. Nada de acidente de carro não, o povo morria era de fome! Ou de medo da fome, sabe como é? O cara estoura os miolos pra não ver os filhos chorando e adoecendo. Eu sei por que ninguém na Bahia foi em mais funerais do que eu. Nem o ACM. Eu sou porreta!

– Pena eu não ter levado dona Dita. Se fosse no da dona Dita, teria me igualado a você nesse ano. Mas tinha brigado com o Chico, lembra? Pirralho muito do besta, inventou de apostar comigo no dominó, perdeu e depois não queria pagar. Sentei uns cascudos nele bem dados. A família toda, as quatro irmãs, fecharam a cara. Menos dona Dita, uma santa mulher! Que Deus cuide dela no céu.

– Cuidar no céu, onde? Não cuida aqui, vai cuidar em céu? Té logo, já fui. Admiro você, Américo, aposentado da prefeitura, diploma nas costas, falando tamanha bobagem. E os americanos não pisaram na Lua? Ou não pisaram? Astronauta nenhum, que eu saiba, falou de anjo quando tava lá em cima. Ou falou? Isso é crendice, papo de carola. Falando assim, fico até meio desconfiado. Você não tá molhando a mão do pastor de novo, tá? Tirando da aposentadoria pro dízimo... Esse céu que eles falam não existe. É pura lenda, besteira pra tirar o sono dos bocós que nem você, indo atrás de lorota de pastor. Céu e inferno – t'chuf! –, cuspo nos dois!

– Sei não, Velho, com certas coisas a gente não brinca.

– Velho? Velho é você! Pega a carteira no bolso pra ver se não sou dois anos mais novo. Que mania! Me chamar de velho. Ainda dou bom caldo. Tem muita nega aí me querendo. Mas olha pros teus cornos, teus cabelos brancos, a boca mole, o pau murcho...

– Tome juízo, seu Inácio! Me respeite que sou homem sério e nunca falhei com minha senhora.

– Sério coisa nenhuma! Você dá uma de santinho mas vive é de olho nas menininhas da redondeza. No velório do Claudionor mesmo, ficou enrabixando a vista pro rumo dos peitinhos da caçula. Foi ou não foi? Se não trai é porque é frouxo. Ou tá broxa mesmo.

– Deixe de história, Velho! Tu sabe que tenho religião, não sou homem de ofender a morto. Ainda mais morto amigo.

– É sua religião que te estraga, Américo. Eu, meu querido, eu sou porreta!

Puxa, mas o diabo do Velho tá é demorando. Já era pra ter chegado. *Ô Vidigal, traz uma quente pra mim, depois uma cerveja.* É a primeira vez que Inácio chega depois das cinco. Daqui a pouco terei de ligar para Rosinalva, explicar pros meninos que o vô não vai hoje, que minha coluna tá atacando. Também, levei o caixão por mais de dois quilômetros. Os parentes mais próximos não queriam deixar, mas não dei muita conversa. Tomei a frente e puxei o coro: "Segura, na mão de Deus...". O Velho não estava lá, pela primeira vez, não estava. Acho que por causa do dia que o Agenor bebeu demais e eles perderam na parceria do dominozinho que a gente bate na Praça da Piedade. Embirrou e não foi. Só pode ser isso. A gente, antes, tinha enterrado uns trinta só neste ano. Eu fiquei na cola dele para não perder nenhum. Estávamos empatados. *Ah, certo, traz um limão também. E uma pitada de sal. A cerveja está gelada de verdade? Olha lá, hein!* Uma beleza a companhia do Velho, figura mais porreta! Descrente, é verdade, mas porreta.

– Como você pegou este gosto, Velho?

– Ah, foi pequenininho, com uns oito ou nove anos, no enterro da tia Leocádia. Ela era uma mulher ainda jovem, muito querida e cheia de amigos, verdadeiro xodó da família. Deixou cinco filhos menores. Estavam todos naquele chorerê danado quando anunciaram que desceriam o caixão na cova. Foi uma gritaria geral do mulherio, dona ameaçando passar mal, um horror. Meu pai comprara um ramalhete de flores bacana e me instruiu que, na hora culminante, eu as jogasse. Pois, no instante em que fui seguir a ordem, meu pé deslizou no banco de terra seca amontoado para cobrir a defunta e eu caí lá dentro. Exatamente em cima do caixão. Foi uma confusão. O padre, lá do topo, enrijecido, me dirigiu uma censura dura e silenciosa. Aquelas mulheres, antes chorosas, cerraram os dentes e estatelaram os olhos em mim. Fiquei apavorado. O coveiro, entre irritado e divertido, me estendeu a pá e me ajudou a subir. Retomou-se a cerimônia de onde tinha sido interrompida. Logo um novo chiado tomou corpo e se alastrou, atrapalhando a leitura do salmo feita pelo padre. Falavam que o próximo a morrer seria eu. Mais tardar em um ano. Meu pai não deu uma palavra, me puxou violentamente pelo braço e ao me tocar a mão estava fria e úmida. Chegando em casa, nada disse à mamãe. Esperou que ela amamentasse Zitinho e anunciou que ia sair. Voltou depois de uma hora e me presenteou com um colar benzido na Igreja de Nosso Senhor do Bonfim. Eu não queria usar. Era pequeno mas achava que aquilo não era coisa de homem. Toda minha vida só vira minha mãe e irmãs usarem pulseiras e colares. Na minha casa, homem nenhum. Mas naquela hora era diferente, era meu pai que me mandava. Eu jamais o desobedecera. Desde aquele dia, punha o colar escondido por baixo da camisa, exatamente como faço hoje. Se você não reparar bem reparado, não vê. Minha educação foi muito rígida, não se levantava a voz nem a vista pros mais velho. Para meu pai então, muito menos. Mas voltando à estória, sei é que não morri. Ao contrário, devagar fui despachando aquele povo antigo, os mesmos que me encomendaram cedo, cedo. Ia com o maior gosto esfregar minha existência na cara deles. E os que ficavam continuavam teimando que eu seria o defunto seguinte. O meu gosto, eu te respondo, veio do orgulho que eu sentia em estar vivo, lançando meu desafio aos que vivem mais no outro mundo do que neste aqui.

– Você esteve com o pé na cova.

– Com os dois.

Já estou me impacientando. *Vidigal, Ô Vidigal! traz mais uma, por favor!* Será que o Velho amarelou? Será que soube do Agenor? Que este ano perdeu? Tá ficando tarde. Ele já deve estar vindo. Deve estar vindo... A Rosinalva vai ficar fula, mas o que é que eu vou fazer lá? O marido dela só fala de ganhar dinheiro e enfia um monte de palavras em inglês nos assuntos mais bestas. Coisa mais medonha! Eu sei que eles estão duros. Rosinalva ia vender o carro pra pagar as maquininhas de massagem que ele disse que fariam o maior sucesso. Fez porra nenhuma! Quem comprou era amigo e fez de favor. Eu não podia era ver minha filha vender o carro e ficar parado sabendo que os meninos teriam de ir pro colégio a pé. Hoje não dá pra confiar, é muito malandro. Emprestei o dinheiro e agora eles vão passar o ano-novo na ilha, alugaram casa e tudo. Eu não vou. Digo que a coluna está me atacando. *Opa!, pode deixar a cerveja aqui. Aproveita e passa um pano na mesa, tá horrível. Quantas horas no seu relógio? Tudo isso? Era só pra confe-*

rir se o meu não estava errado. Ele deve estar pra chegar. O Velho deve estar pra chegar. Afinal, não é sempre que se ganha sempre. Ele precisa saber. Ninguém ganha sempre. Nem os mais porretas.

CONTO GÓTICO

para Grazielle

Noite alta. Ele nunca dormira tanto assim. Sentia-se estranho, outro. Como se uma inesperada e violenta revolução tivesse o acometido entre o instante no qual colocara a cabeça no travesseiro e este, quando acordara.

Inicialmente, pensou viver a noite anterior, o momento em que tentava dormir. Depois percebeu que eram sete e quinze e deitara pouco menos de onze.

Deixou a cama para procurar o espelho sem moldura, sobre a pia do banheiro. Puxou as membranas dos olhos para baixo e esticou a língua. Nada. Absolutamente nada. Observou os dentes demoradamente, os caninos em especial. Não mudaram. A pele conservava-se corada. O sangue vertia-lhe à face, intenso.

Abandonou o espelho e caminhou até à velha cômoda.

Téo era meticuloso: uma gaveta para cada coisa. Tirou o calção florido de girassóis que usava para dormir, abriu a terceira gaveta, guardou. Abriu a primeira, pegou a calça de linho negra e vestiu. Um cheiro de naftalina impregnou-lhe o corpo. Na quarta, estavam as camisas. Escolheu a preta, mas de um preto apagado, quase branco, e que trazia a estampa do Poesie Noir; poderia até ter escolhido a do Cure, onde se via um retrato retorcido do Robert Smith, mas era importante que, neste dia, fosse uma menos *pop*, verdadeiramente *underground*.

O par de coturnos estava meio empoeirado embaixo da cama tipo solteirão. Não fez caso, calçou sapatos e pó.

Em seguida, riscou um palito de fósforo e, juntamente com o cigarro, acendeu as velas dos castiçais.

Da caixa de papelão sacou uma fita cassete surrada e pôs para tocar *Black Planet*, do Sisters of Mercy.

Logo nos primeiros acordes sentiu a vibração cortante da guitarra percorrer os membros hirtos; uma melodia soturna e arrastada de teclados se escreveu no ar; pancadas secas de uma bateria eletrônica tamborilaram-lhe os ouvidos. Uma voz grave e profunda se sobrepôs. Voz, pensou Téo, saída dos sufocantes e úmidos subterrâneos onde cristãos antigos fugiam de algozes romanos.

Téo, em transe, dançava. Os braços, suspensos, se entrelaçavam com leveza, sem se tocar; o quadril girava em torno de si mesmo, enquanto os joelhos se dobravam para se esticar novamente. Ouviu uma, duas, sete vezes a fita.

Depois, pegou o único disco de música erudita que possuía, *Tocata e Fuga em Mi Bemol Maior*, de Bach, e pôs na vitrola, deitando-se de costas no frio chão vermelho e ali permanecendo inerte, fitando o teto, e ouvindo.

Fitou o teto de telhas ordinárias de zinco por duas horas, enquanto a agulha ranhava o último sulco para voltar e começar tudo de novo.

Antes de adormecer, confidenciou-se em voz alta:

"Sim, Téo, você é. Decididamente, você é... Um vampiro!... Você É UM VAMPIRO!"

Uma das grandes vantagens de ser empregado duma boate é que você só trabalha nas noites de quinta à sábado.

Téo era *DJ* e transcorreram duas noites desde que se descobrira vampiro. Nesse decorrer, certas coisas haviam se clareado em sua mente: as histórias do espelho, alho, crucifixo e poderes sobrenaturais eram todas balela, conversa para boi dormir. Da imortalidade nada podia afirmar. Nunca correra o menor risco de vida desde que se teve por vivo – ou *morto-vivo*. O único quesito do anedotário popular verdadeiramente incontestável era o irresistível deslumbre pela noite e o enorme desejo de sangue que esta despertava. Ainda assim, ele se alimentava como qualquer ser humano, porém sem se satisfazer.

E, para seu infortúnio, a certeza de sua condição de Nosferatu – ele batizara aquela noite de "a noite da conscientização" – intensificara sua sede. Andava tendo visões. Veias palpitavam em voluptuosas nesgas de grossos, esguios, alvos e escuros pescoços, colorindo e infernizando seu ávido imaginário. E suava. Como suava! Para combater a violência da ânsia, enchia inutilmente a barriga de bolos, pães, frutas e vinhos; no maior excesso. Mas a vontade de beber sangue persistia, inclemente.

Numa noite de suma e seca agonia, recordou-se de que mesmo na infância já começara a sofrer dessas visões. Tinha oito anos de idade. Um coleguinha de sala inadvertidamente confessara à professora seu "problema": Era lobisomem! Nascera sétimo filho de seis irmãs e a mãe o tivera numa noite de lua cheia. A professora, então, prometeu-lhe ajuda. Na aula seguinte, perante toda a classe, deu publicidade ao caso e afirmou possuir uma solução fácil para o problema do coleguinha: comprar-lhe-ia uma coleira! Todos explodiram em gargalhadas, incluindo Téo. Na rua, ao deparar-se com o infeliz menino, os moleques logo o rodeavam e punham-se a latir e a rosnar, caçoando. Em pouco tempo os adultos também reproduziam o insulto, ferindo a criança mais do que fariam as balas de prata da lenda. Não demorou para o garoto tentar reagir.

E começou estendendo obscenamente o dedo médio para um grupo de marmanjões que o azucrinavam. Eles, por sua vez, revidaram o gesto, ameaçando-o com murros e pontapés. O garoto voltou para casa chorando. O que aconteceria a Téo se ele dissesse a verdade sobre si? Seria evitado pelos amigos? Levar-lhe-iam para um circo? Ter-lhe-iam apedrejado? Ou trespassariam seu coração com uma longa estaca de madeira? Desconfiado, passou a sair somente à luz do dia, procurando esconder qualquer evidência denunciadora de sua diferença.

Para que ninguém levantasse dúvidas, quando já era adolescente, chegou ao cúmulo de, nas férias de verão, freqüentar a praia, exibindo depois o belo corpo bronzeado, alegria dos olhares femininos na quadra onde residia. Logo ele, tão sensível à luz do sol.

Esforçou-se por tanto tempo e de tal maneira em se esquecer da sua verdadeira condição que passou a acreditar não ser um vampiro.

Agora, porém, fizera-se adulto. Um adulto faminto e firmemente decidido. Não queria se anular, voltar a se esconder. Via seu desejo na mesma escala hierárquica do desejo dos outros, nem pior nem melhor, e pretendia aplacá-lo. Acreditava-se no direito também.

Todavia, não era bobo. Sua experiência de vida lhe ensinara que a realização pessoal de uns não implicava necessariamente a realização de outros, havia vontades que se chocavam. Ainda mais se estes tivessem a consciência que ele era um "temível" e "execrável" vampiro; uma pessoa que não trazia suas inclinações escritas na cara e que poderia cometer o infame crime de inspirar confiança irrestrita.

Uma besteira, pois não era vontade de Téo matar ninguém. Não tinha natureza belicosa e assassina. Tanto que se horrorizava ao ler sobre as chacinas nas favelas, os relatórios de crimes passionais. Não admitia a idéia de usufruir de um prazer que resultasse da desventura alheia.

Solitário, perambulava altas horas da madrugada pelas ruas do Gama. Sonhava encontrar quem lhe desse, de bom grado, do próprio sangue para beber. Seria, aos seus olhos, uma atitude de completa abnegação e amor. Não precisaria ser sempre. Uma vez a cada três meses estaria bom, em quantidade e tempo iguais aos dos bancos de sangue, para não prejudicar o doador. Com essa pessoa Téo pretendia dividir sua existência.

Um vampiro romântico era o que ele era. E em seu romantismo imaginava o que aconteceria quando mordesse seu amor pela primeira vez. Tornar-se-ia um igual? Ele nunca fora mordido por ninguém, nascera vampiro, assim como ignorava as conseqüências de sua própria mordida. Também nunca se deparara com nenhum outro vampiro de carne e osso, só escutara falar, e muito mal. Talvez os de sua espécie fossem bons como ele.

Buscando encontrar alguma identificação, pegou uma série de fitas de vídeo sobre vampirismo na locadora. Mas qual o quê! Ficou foi muito irritado e envergonhado. As criaturas dos filmes eram muito distintas dele. Ou eram monstros sinistros e tristes ou sedutores maléficos, ou, ainda, caricaturas exageradamente cômicas. Todas destinadas a divertir e assustar uma sociedade patética, inflando seu imaginário com um medo infantil. Essas personagens de ficção abusavam dos trejeitos histriônicos, esvoaçavam suas longas capas e estavam sempre fantasiadas, muitas vezes maquilando a cara e nada lembrando a realidade. "Que babacas! Vampiros mais idiotas e babacas!", censurou.

Ao sair de casa, percorria bares escusos e cinemas pouco freqüentados. Esforçava-se por se aproximar de novas pessoas, travar conhecimentos, descobrir-lhes a índole e o coração.

A grande maioria não lhe transmitia confiança. Muitos não queriam nem mesmo iniciar uma conversa. Bastava dar-lhes um alô para que lhe respondessem com frieza e distância, quando não, brutalidade.

Fora isso, havia ainda o risco sempre presente da AIDS. Seria ele imune? De qualquer forma, ou por simples precaução, atrelou seu desejo a um ideal de pureza: Queria o sangue de uma mulher de sentimentos nobres, altaneiros.

Numa dessas saídas para o bar, deparou-se com o

que pensava ser seu ideal. Era uma ruiva e tomava cerveja sozinha. Sem demora, convidou-a para sentar-se consigo. Ela recusou. Uma recusa muito educada, contudo.

A ruiva se chamava Mayra e freqüentava aquele bar há algum tempo. Tinha grandes olhos negros, um corpo frágil e curvas abundantes. A tez era branca e contrastava com o carmim dos lábios, sempre molhados de batom. Era daquelas mulheres que inspiram certos cuidados aos homens honrados, das que tudo levam num pequeno olhar, desapropriando esposas e lares. Vivia cercada de admiradores e, com medido requinte e elegância, explorava a fraqueza dos velhos e ariscos lobos, suplicantes de seus favores.

Ceder, cedia pouco. Mayra dominava a arte do negar com precisão idêntica à do relojoeiro que manuseia as peças mais minúsculas de um relógio suíço. Das vontades pleiteadas, somente as de um estudante de direito, filho de diplomatas, saciava com inteireza e entrega. Por conta disso, proclamava-se fiel, fidelíssima. E o jovem acreditava.

Téo, no entanto, apaixonou-se por ela mal a viu. E, para alegria do dono do bar, tornou-se mais um dentre os assíduos clientes do estabelecimento. Tudo para ver aqueles longos e anelados cabelos ruivos.

Apreciava-os como quem aprecia uma pintura de um artista muito respeitado; detendo-se demoradamente; observando-lhe os movimentos, os fios cobrirem os olhos e entrarem na boca, resvalarem o seio; as várias variações que o vermelho adquiria sob a régência da luz do sol, das lâmpadas e das sombras.

Ela, à distância, até simpatizava com ele.

Alimentava uma estranha impressão de que aquele homem, por algum motivo obscuro, não se interessava por ela por sexo; e isso a atiçava.

Mayra percebia o olhar de Téo. Um olhar de quem vê anjos. E gostava de ser adorada como uma mulher irreal, impalpável, etérea. Odiava quando os homens a tratavam como se ela fosse prostituta. Não era vulgar e odiava a vulgaridade. Mãos deslizando por suas pernas, cochichos ao pé-do-ouvido, insinuações e convites para motéis. Não era assim que os homens deveriam tratar as mulheres. A paquera tinha de ser demorada, longa e melindrosa, uma negociação na qual o sexo seria o último e derradeiro passo, um selo para uma carta pronta, pensava.

Seu estudante de direito, por exemplo, era um rapaz bonito e educado. Nunca lhe impusera desejos extravagantes, nunca lhe salgara o ouvido com palavras feias. Os pais moravam no bairro mais rico da cidade, o Lago Sul, abrigo dos ministros e dos grandes empresários. Possuíam uma casa com piscina e vários carros. Filho único, herdaria todo o dinheiro da família e o *status* dela precedente. Mayra se orgulhava dele por saber se portar à mesa e só beber doze anos.

É certo que ele ainda não a apresentara aos pais, mas era apenas questão de tempo. Mais dia menos dia ela tomaria banho na sua piscina.

Nem por hipótese ele suspeitava ter ela outros amantes. Amantes, para Mayra, nada significavam, conquanto não passasse a amá-los, tornando-se prisioneira deles e não o contrário.

Téo, entretanto, enfeitiçou-se pela beleza daqueles cabelos e, em seu romantismo, jamais seria capaz de julgar a alma daquela que os continha. Só pelo fato de ela não ter aceitado seu primeiro convite, quis que ela fosse o retrato fiel e perfeito das suas mais castas aspirações.

Durante as seis noites que se seguiram, ele não foi trabalhar. Voltava ao bar e tomava sempre o mesmo assento, numa afastada mesa do canto, esperando que ela adentrasse o recinto. Geralmente vinha acompanhada. "Devem ser amigos de trabalho", justificava-se ele. Outras vezes, chegava sozinha. Nessas ocasiões, Téo estudava seu comportamento, tentando adivinhar-lhe o peso e comprimento dos pensamentos. Achava-a triste, perdida, como ele. Ela fumava dois ou três cigarros, bebia um martini e se retirava.

Mas um dia, cheio de coragem, ele a seguiu.

Ela partiu do bar, no Setor Central, em direção norte, cortando caminho entre gaiolas de caixotes amarelos, azuis e vermelhos, onde as varandas e janelas expunham varais, cadeiras, churrasqueiras improvisadas, plantas, rodas de carros, bicicletas, engradados de cerveja, pequenos brinquedos de crianças e, ainda, diferentes animais de estimação. Seguiu por ruas estreitas e mal iluminadas, virou numa esquina e atravessou o estacionamento do velho estádio de futebol, aproximando-se de uma pracinha. Na calçada, alguns jovens, sentados, conversavam. Ela cruzou em sentido oposto ao deles, descendo uma viela escura repleta de modestas casas, os muros baixos. As árvores, com seus troncos retorcidos e folhas grandes, timidamente espalhadas, chiavam ao balançar do vento. Ela parou diante um dos portões. A ferrugem fez ranger as dobradiças, reclamando.

Téo observava de longe e viu quando Mayra retirou as chaves da bolsa e entrou. Ele agora sabia onde ela morava.

Permaneceu ali ainda alguns minutos, refletindo se deveria ou não ter lhe dirigido a palavra. Mas como fazê-lo? No que isso resultaria? O que poderia ela pensar? A verdade não lhe ocasionaria em perda? Afinal ela nem mesmo se sentou junto a ele quando a convidou. Deveria mordê-la duma vez? Ela não o acharia asqueroso? Que pensaria de vampiros? Talvez temesse, talvez não acreditasse, talvez o achasse louco.

Porém, se ela realmente fosse como ele imaginava, um anjo de cabelos em fogo, iria compreender-lhe, tinha certeza.

Com a possibilidade de finalmente ver seu amor consumado, a sede de Téo redobrou-se. Para contê-la, inventou-se uma desculpa: necessitava provar sangue humano para descobrir o que aconteceria com Mayra caso a mordesse.

A vítima escolhida foi um bebum de quarenta e tantos anos, torcedor fanático do Vasco da Gama e acostumado a porres homéricos nas quartas-feiras, dias de jogos do campeonato brasileiro, tendo cadeira cativa no Bar do Agostinho, apreciada birosca da região.

Numa dessas quartas, quando todos já se retiravam, Téo se aproximou do senhor e lhe ofereceu uns copos a mais. Para comemorar *nossa* vitória, mentiu ele.

A madrugada orvalhou o grande janelão da fachada e muitos copos deixaram gotas vadias e solitárias repousarem em seu fundo.

Cambaleante, o vascaíno saiu amparado nos ombros do novo amigo. Enquanto avançavam, cantarolava trechos do hino de seu clube, mastigado entre pausas e sorrisos. Depois, calou-se e se deixou levar.

Téo o carregou para um terreno escuro e abandonado, perto da feira popular.

Certificando-se que ele não esboçava nenhuma reação, deitou-o numa lona suja, largada por ali. Os cães que guardavam a feira ladraram e, com a movimentação e rumor, acabaram por acordar o vigia, sentado em um galão de tinta vazio e escorado numa barraca. O vigia acertou os óculos e olhou de longe, no escuro. Pensou serem os dois um casal de namorados. Como não estavam nos limites da feira, deu uma risada marota, aquietou os cachorros e correu de volta para seu canto.

Téo pegou o braço do senhor e com uma agulha de seringa fez um pequeno furo na veia mais grossa e esverdeada. Não demorou e surgiu um pequeno ponto rubro. Téo então se reclinou sobre ele e foi lentamente lhe sugando o sangue até as bochechas doerem. Seu prazer foi tão imediato, tão doce, que precisou controlar-se para não ultrapassar os limites que se impusera. Era fundamental que ninguém suspeitasse do ocorrido, que achassem que a pequena mancha violeta naquele braço fosse decorrente duma queda qualquer ou mordida de bicho.

Téo ainda observou o comportamento do senhor por três semanas, constatando que este em nada se alterara, nem suas atitudes com os amigos do bar, nem com os familiares.

Ora, se não havia perigo de se transmitir seu vampirismo, estava pronto para declarar-se à Mayra.

Mayra estranhou ver Téo ali, à sua porta, em meio a madrugada. Estava para descer do carro quando o avistou e voltou indecisa. Contudo, Alfredo, o estudante de direito, não hesitou em tirar o intruso de lá. Foi preciso que ela segurasse o rapaz para que ele não se atracasse com Téo, muito mais franzino. Téo tentou explicar que fora um equívoco, um engano, mas Alfredo já o havia escutado chamar Mayra pelo nome e estava furioso por conta disso. Ela, sem entender bem a qual equívoco Téo se referira, esforçou-se em evitar a briga, mal disfarçando sua satisfação ao ver Alfredo demonstrar tanto ciúme, ao passo que queria protegê-la.

Para Téo, pior do que a relação de Mayra com aquele *playboy*, era o fato dela ter pintado os cabelos de negro. Era-lhe mesmo inadmissível. Vê-la com os longos cabelos pretos, saindo do carro, foi como viver a expulsão do Paraíso na Terra. Quis por força acreditar não ser ela segurando o poltrão que bufava animalescamente. Mayra, o anjo!... Mayra, a vadia! Súbita e lastimável transformação. Mulher horrenda e desprezível, filha da mediocridade, amante da sujeira e do vício. Como o enganara! Com sua falsa tristeza, sua falsa dor. E os cabelos? Como alguém pode ignorar a beleza que eram seus cabelos? Brônzeos, luminares, setas purpúreas a brilhar no céu, réstia de sol a manchar o azul do horizonte crepuscular do desejo...

Transtornado, ele caminhou mais e mais rumo ao vazio da noite. Enquanto caminhava, conjeturava sobre a autenticidade de seus sentimentos. Rememorou seus longos anos em cativeiro, preso em si mesmo. Ia desnorteado, por estreitas vias. Tencionava fugir daquela cidade, fugir daquele país e fugir do mundo. Quanto mais andava, mais a dureza dos pensamentos lhe atormentava. Na verdade, não a amou e nem a amava. Experimentara maior prazer ao beber o sangue de um desconhecido do que todos os dias que esteve a contemplá-la.

"Quem vive só de ideais, só de sentimentos? Ninguém! Confiar no ser humano, neste que nos deparamos dia a dia e nunca nos cumprimenta, é pedir pra sofrer. Prefiro ser vampiro a ser como eles", dizia, mais confuso do que nunca.

E, assim, passava dum extremo ao outro: dos sonhos de um amor inquebrantável à negação de um bem na vida. "Se todos são egoístas, serei egoísta também." O corpo tombado para frente, o passo oscilante.

Daquele momento em diante, entregar-se-ia à orgia do sangue. Não faria mais concessões de nenhuma natureza, não escolheria mais suas vítimas, não teria medo de matar ou morrer; seria um vampiro inescrupuloso.

Elucubrava o caminho a seguir quando viu um outro rapaz, de andar vacilante e bêbado. O estranho se encostou num muro por alguns segundos, depois, retomou o passo inseguro em direção a Téo. Vestia, como ele, roupas pretas. O porte era de um homem gordo, encorpado. Certamente assustaria quem lhe cruzasse o caminho àquela hora da noite, diante da sua extravagante aparência. Usava chapéu de feltro e os olhos arredondados e rasos destacavam-se na face lunar.

Téo preparou-se para atacá-lo. Quando pulou sobre o homem, este se esquivou e rapidamente tirou uma fina lâmina prateada do bolso, enterrando-a no pescoço do outro. Concluiu esse movimento com total destreza, fazendo Téo cair no chão, já sangrando.

O desconhecido retirou a lâmina de seu pescoço e envolveu o corpo de Téo carinhosamente, enquanto lhe bebia o sangue.

III

*DAQUELA última tarde de luz,
o que me ficou na memória foi o visgo frio do suor
na palma das minhas mãos, os inúmeros pontos,
luminoso vibrante dos automóveis,
as minhas frontes estalando com o barulho.*

Caio Fernando Abreu, *Eu, Tu, Ele*

A FÉ DO RACIONALISMO

para Wilton Rossi

Lionel era um bom menino que não gostava de gatinhos. Seria engenheiro, professava a mãe. Chaninho fugia, mal despontava o bico do quichute. Por causa da mãe, cresceu sem deus e sem diabo. Do pai não tinha birra: conservava sua foto de morto na ditadura.

Passadas as tempestades e já homem grande, foi ao estádio de futebol pela primeira vez, atendendo ao convite de seu amigo de copos, Pepê. Simpatizou pelo time mais fraco e comemorou gostosamente a derrota sofrida.

Na segunda vez, o time ganhou. Lionel reparou que havia sentado do lado oposto da arquibancada. Derrubaram um engradado de cervejas. Acordou para trabalhar com Pepê abraçado à sua cintura e babando.

Surpreendentemente, na terceira visita, repetindo o mesmo assento anterior, tornou a vencer. E assim se sucedeu por mais três finais de semana. Porém, na partida seguinte, o time fracassou. Lionel não compreendeu. Havia feito tudo certinho, tim-tim-por-tim-tim. Foi aí que atentou que alguns detalhes haviam lhe passado desapercebidos. Nas outras vezes, Pepê sentara à direita e, nessa última, à esquerda.

A cada novo jogo Lionel descobria novas causas para vitória ou derrota. E os dias foram se multiplicando e a força com que torcia definia a qualidade de seu humor no decorrer da semana.

Até o momento em que comprava o bilhete de ingresso, a boca do caixa escolhida, o horário do primeiro gole de cerveja, o lado do campo e a posse da bola em cada tempo poderiam influir no resultado final do embate.

O ritual foi atingindo um tal grau de complexidade que Lionel não mais assistia as partidas de futebol. Ele inequivocamente comparecia a todos os jogos do pequeno time pelo qual se apaixonara, desempenhando um estranho e religioso balé.

O ANJO LOIRO NO BAR OU COMO ERAM BELOS OS ANOS OITENTA

para Fernando Carpaneda

O bar era daqueles que quando não trocavam de nome, trocavam de dono. Ficava em Taguatinga, escondido no Setor Sul, ao pé de uma longa avenida onde o abandono era entremeado por esparsas e rarefeitas luzes amarelo-náusea. Os cães ladravam para a noite, longe e perto. Os ladrões não se incomodavam, atocavam-se nas esquinas escuras, esperando com seus olhos brancos e vermelhos. Vez por outra, um carro cruzava a sórdida entrada. Homens e mulheres desciam frios e escuros, enfiados nos casacos de junho, mês de gelar a alma e amarelar a grama, e misturavam-se à grossa chusma de boêmios notívagos e trabalhadores bêbedos.

Dentro, o ambiente não era grande. Uma espessa fumaça turvava o ar e ardia os olhos menos acostumados daqueles que, por engano, buscavam algum abrigo. No palco, uma banda composta somente por mulheres tocava um *hardcore*. A letra da música era ingênua e falava de aborto. Mas quem ouvia não queria saber, apenas dançar.

João estava no fundo do bar, copo de cerveja na mão. De longe, viu dois amigos seus conversando, sentados nos tamboretes do balcão. Virou o copo num gole só e sorriu.

Nelson tinha a cara redonda como a lua, o olhar encovado. Olheiras escuras lhe davam a feição de mais do que seus vinte e cinco anos. O bigode era fino e ruivo, as costeletas grandes, quase na base do queixo curto. Falava devagar e ciciando, escandindo as palavras. As pálpebras baixavam nervosas a todo o instante.

Era um cara solitário. Desde os doze anos morava só. Os pais o abandonaram, foram para São Paulo. Comentava-se na roda de amigos que uma tia rica, que não queria ser identificada como parente, lhe dava dinheiro mês a mês. Verdade ou não, quando completou dezoito anos arranjou serviço no caixa de um banco. Passou também a cultivar certas manias. Andar vestido de preto era uma delas. Outra, eram os gatos. Cuidava de treze. Pretos, brancos, amarelos e malhados.

João era, antes de tudo, João. Trabalhava como vendedor numa livraria e, depois de ler Byron e Musset, metera-se a fazer versos de inspiração romântica, páginas decadentistas e cheirando a absinto. As composições lhe deram fama de poeta e foi o suficiente para conquistar o lugar de letrista na banda que um dia formariam. Gozava também da fama de ser grande mentiroso. Mas mentiroso dos bons, daqueles que ninguém ousa interromper ou duvidar da veracidade do que se conta.

Bosco era o último e fechava o triângulo de amigos. Dizia-se primo de todos e não era visto sem um copo de bebida na mão. Eternamente desempregado, não se sabia como descolava dinheiro para beber ou comer. Porém, estava em todas as festas, todos os bares. E ria de tudo. Principalmente da religião e seus preceitos morais. Sua felicidade era se dedicar aos amigos, ao álcool e à *New Wave*, sobretudo a inglesa. Enquanto segurava um copo de marguerita, arrastava sua voz anasalada e levemente rouca:

– Pois é, primo, o Rodrigo Beiço.

– De cabeça raspada e tudo?, indagou Nelson, espantado.

– Tudinho.

– Num a-cre-di-to! Sério? O Beiço?... O Beiçola?... Um dos maiores fãs do Bukowski que conheço... *Hare-khrishna*!?... Caralho, o Beiço!... *hare-khrishna*? Des-cul-pa, Bosco, mas isto não tem cabimento!

– Verdade. Soube que ele engravidou a mina dele, a Tâmira, e os pais, você sabe que o pai dele é delegado, né?, colocaram o doido para fora de casa. Daí, no auge do desespero, ELE, o Rodrigo Beiço, teve de dançar ao som do mantra e do Bhagavad Gita...
– disse sorrindo.

– Ca-ra-lho!

– Nelson! Bosco! – chegou João, interrompendo. – Uma cerveja, vodca, pinga... Qualquer coisa!... Rápido!

– Que foi, João? – Que cara é essa? – perguntaram.

– Mulher nenhuma presta! – disse, enquanto se acomodava num dos tamboretes.

Bosco não segurou o sorriso ante a declaração. Nelson afetou logo desinteresse, tirando um cigarro e batendo com a ponta macia no balcão. João não se incomodou com as reações.

– Vejam vocês – continuou –, saí para pegar um ar e me sentei na escadaria duma loja aqui em frente. Estava melancólico e emputecido ao mesmo tempo. A gente vem pra noite esperando encontrar um som legal, um povo diferente, mas são sempre as mesmas caras, o mesmo tédio, cerveja quente e barulheira. Cansei. Se não tocassem um Cure eu nem entraria mais, estava decidido. A rua estava vazia, erma, quando, de repente, vejo surgir um Honda chapa preta, desses que os deputados e senadores vão pra cima e pra baixo, com motorista e tudo. *Vrrrrrrr, Kiiiiiiiii*.... O carro pára e salta um anjo, um querubim, uma beldade loira. Primeiro o delicado pé, depois a batata da perna e a coxa maravilhosa, esculpida no formão de Hefesto. Fiquei petrificado. Ela era linda. Linda mesmo, do tipo daquelas que fazem comercial de *lingerie*, só que um pouco mais coroa. Devia ser filha ou mulher de algum político importante. O certo é que nunca a vira antes, em parada nenhuma, muito menos num boteco como este...

– Sé-ri-o? Desse jeito mesmo? E como ela tava vestida? Será que foi embora? – interessou-se Nelson.

– Uma minissaia preta, de couro, uma camisa branca com a gola alta, casaco bege, meias cinza e botas. Uma tentação, a diaba!... Ela ia andando num ritmo que era todo poesia e, antes de passar a porta, se virou e me encarou com uma cara... Ah, que cara! Fiquei vermelho na mesma hora, paralisado. O que não demorou muito, pois, apesar de tonto, o interesse na figura era maior. Não foi difícil seguir seu rastro. Mesmo com a pouca iluminação e o tumulto de gente indo e vindo de todos os lados, seu perfume doce se distinguia e me arrebatava. Em meio aos diversos odores, o dela resplandecia intenso. Era um cheiro de desejo mascado, repleto de sensualidade, feito uma suave fragrância de rosas. Tava arriado e não sabia o que fazer. Se me apresentasse duma vez, era capaz que ela me rechaçasse, me achando intrometido. Era capaz. Mas também era possível que ela me quisesse. Enlouquecido de vontade, não enxergava outra solução que tomá-la para mim de qualquer maneira, mesmo que violentamente!

Fez breve pausa e retomou:

– Ela dançava leve como um sopro de criança, seus movimentos meigos como as marolas castas do lago, desenhando aquarelas no mês de abril. Absorto, estanquei ao notar que ela parara de dançar e agora conversava com a Ritinha.

– Com a Ri-ti-nha?

– Sim, a Ritinha!

– Aquela viciada em coca?

– Justamente.

– Mas, primo, o que ela poderia querer com a Ritinha? Droga?

– Eu me perguntei a mesma coisa – continuou –, até quando a vi subir a escadinha lateral que dá para o banheiro.

– So-zi-nha?

– Sozinha.

– Você a seguiu? – perguntou Bosco.

– Não imediatamente. Quem sorrateiramente foi subindo, degrau por degrau, foi a Ritinha, aquela cadela seca!... As pernas dela são mais finas que meus pulsos. E olha que tenho pulso fino, hein! Assim, subi devagar. A porta estava entreaberta. Parei ao lado e fiquei escutando: "Anda!, vai!... Lá dentro! Eu quero lá dentro!" – e a Ritinha respondia: "Calma, meu amor... calma." – Malditas sapatas, pensei. Então meti o pé na porta...

– E o que aconteceu? O que aconteceu?

João sorriu.

– Pasmado, vi a loira ajoelhada ao chão, com a boca aberta, enquanto a Ritinha, em pé, com duas notas de cem presas na tira da calcinha de renda vermelha, cuspia naquela boca borrada de batom.

    Os três ficaram calados até que Nelson acendeu o cigarro e juntos tomaram outro trago.

O PECADO DE SANTA HELENA

para João Carlos Rodrigues

I

– Que acha?
– Não sei, Felipe. Olhando assim, me parece meio exagerado. Pra que um quadro deste tamanho? Ninguém mais curte essa coisa de murais e painéis. Eu só acredito que você tá pintando isso assim se for por grana. É por grana? Encomenda pro governo? Se for por grana, beleza.
– Não, meu rapaz, não é por grana nem encomenda pro governo. Este painel é uma imitação barata daquela que foi minha maior obra-prima: Um quadro pintado há mais de vinte anos e do qual venho me esforçando para aproximar-me uma pincelada que seja! Uma lasquinha de unha! Por ele tenho sofrido...
– Sofrer? Mas que papo de sofrimento é esse? Um

cara na tua idade, de cabelos brancos, com tantos prêmios nas costas, sofrer por causa duma imitação? Deixa disso, Felipe! Já viu alguma cópia ter valor em coleção? Em museu? Eu, nunca. Ao menos até descobrirem a cópia, cópia. He-he-he! Chega mesmo a ser engraçado: PINTOR FAMOSO COPIA O PRÓPRIO QUADRO...

– E o que você faria se lhe tivessem destruído o único original de um livro seu? Um livro não publicado, justamente o mais bonito de todos o que escreveu, aquele para o qual você devotou um maior número de horas? Não tentaria reescrevê-lo? Lembra do João Antônio? O incêndio que lhe tirou o *Malagueta, Perus e Bacanaço*? Pois é. Ele não foi para uma biblioteca pública e refez o livro inteirinho? Eu, Ricardo, tive minha tela rasgada de ponta a ponta!

– Jura?! Pois não duvido. Era até capaz de ajudar a rasgar também. Qual a graça duma mulher com cara de triângulo, enfiada no meio de um círculo, enfiado dentro de um quadrado e toda espevitada de cores feito pavão? Ah, eu sei! É uma Mona Lisa *drag-queen*...

– Qual a graça?! A graça de um sentimento que você, garoto, nem de perto intui! A graça da verdade de um pintor! A realização primeira do artista! É a resposta à questão de toda uma vida: como fazer para romper com a herança de um tesouro tão rico e completo quanto o da tradição e, ainda assim, acrescentar-lhe uma moeda? Como fazer da sua arte uma arte viva? Uma arte que toca quem não quer ser tocado, que avança o sinal vermelho na rua e grita sua urgência.

– Resposta? Neste painel? Antes você fizesse como eu na minha poesia. Não leio clássico nenhum. Cheiro de mofo me enjoa. Para descobrir as novas tendências da literatura, assisto comerciais na tevê. É a melhor coisa.

– Nessa obra, eu fui além das escolas, além das influências.... Eu, com *O Pecado de Santa Helena*, me igualei a Picasso, a Klee...

– Deus! Falta só o restante do mundo te descobrir!

– Somos diferentes, Ricardo. E não só na idade! Quando pisei o chão de Brasília pela primeira vez, não tinha pai nem mãe. Tinha ambição, sim. Porém, minha ambição não se fixava no mesmo tipo de poder que você gostaria e deseja para si. Você é o típico produto do pensamento político desta cidade: o que separa o *nós* do *eles*, o que segrega e hierarquiza posando de bom mocinho, de liberal. A meta de sua geração é pintar a cara para se exibir, pavonear. Vivem a velocidade do mundo moderno na superfície, isolados na ilha de seus computadores e sob o efeito de antidepressivos. Hedonistas, é o que são. O que ambiciono, querido, está fora de mim, reside numa outra casa. Um dia, eu o toquei... Mas o ódio e o rancor de um homem o roubou de mim. Tento, agora, em silêncio, longe do público, tocá-lo mais uma vez, fazer-me grande.

— Então diga, ó grande pintor, como foi que destruíram a sua santa pecadora, a vergonhosa Santa Helena?

II

Eram meados dos anos setenta. Eu ainda estudava e não havia feito nenhuma individual. Para sobreviver, vendia pinturas na Feira da Torre aos domingos. No restante da semana, freqüentava os teatros, bares e rodas de discussão de intelectuais e artistas. A poesia marginal estava em voga e, apesar do clima de repressão política, os jovens agiam com ousadia, contestando, no comprimento de seus cabelos, nas leituras e atitudes, a ordem vigente. Discutia-se da estética ao sexo. Eu tentava me encaixar nesse mundo, descobrir o meu lugar. Era fã inveterado de Glauber Rocha. Niemeyer estava no auge. Eu lia os poetas concretos, Mário Faustino e Ferreira Gullar. Queria porque queria expressar-me pelas artes plásticas, pensando temas e problemas que transformassem as gentes.

O estudo em pintura que desenvolvera apontava um caminho que passava pela economia de linhas e transbordamento de cores, rompendo com uma representatividade realista sem, contudo, aderir ao abstrato ou ao geometrismo puro. Precisava combinar uma interpretação fria com um motivo quente, depurar a visão do grandioso para a particularização do olhar sobre a tela.

Mas qual tema escolher? Eu queria que o assunto se impusesse a mim, que tivesse naturalidade. Os exercícios que praticara já me eram suficientes para suplantar a técnica de qualquer nome da região. Todavia, os temas que encontrava não se adequavam à forma experimentada e a combinação de quente e frio tornava-se exclusivamente fria. Resolvi adiar novos exercícios até que um motivo *verdadeiro* me aparecesse.

Estava sempre na iminência de encontrá-lo. Não queria repetir o que os grandes mestres já haviam feito. Cada uma das pinturas que realizaram era um manifesto de afirmação da vida, um modelo de humanidade. As prostitutas de Degas, Carybé e Lautrec, a exuberância da natureza em Van Gogh, a barbárie da guerra em Picasso, as bandeirinhas de Volpi... Tantos e belos exemplos! Eu sabia que também encontraria o meu.

Enquanto não o descobria, fazia trabalhos menores e menos ousados, para garantir o pão e o leite de cada dia. Vez ou outra, quando nada vendia, era obrigado a jantar num coquetel de *vernissage*.

Era muito comum a presença de jornalistas nesses eventos; pessoas de quem me aproximei por conta de afinidades artísticas e políticas.

Certa vez, tomava vinho com o Hipólito da Rocha. Tomávamos vinho e eu o ouvia reclamar da quantidade de espetáculos ruins a que era obrigado a comparecer, simplesmente porque recebera convite, e os produtores esperavam uma ou duas linhas na página de cultura do jornal em que ele trabalhava.

Falava disso e, sem que eu esperasse, tirou um ramalhete de papéis do bolso do paletó, colocou-os sobre a mesa e, com os dedos peludos da mão esquerda estendidos, os empurrou para mim. Eram dez entradas para o Teatro Galpão, na W3 Sul, onde uma nova montagem de *A Falecida* estrearia.

Quem agüenta a mania de Nelson Rodrigues neste país? É filme de pornochanchada, crônica de futebol e, pra piorar, uma cambada de estudantes secundaristas pululando sobre os palcos, tripudiou o Hipólito.

A estréia foi no sábado e muita gente notória compareceu.

O Cassiano Nunes e o Athos Bulcão sentaram-se lado a lado, tricotando. Postado sob a porta, um homem gordo de suspensórios e barba por fazer distribuía os prospectos da peça. Em posse do meu, acomodei-me na terceira fila. O primeiro aviso tocou. As pessoas procuraram seus lugares. O gordo abraçou um sujeito de ar imponente, deu tapinhas nas costas de outro mais gordo do que ele, beijou a face exageradamente empoada de uma madame com traje irrepreensível, e então se atirou numa cadeira da primeira fila à direita. O segundo e terceiro sinais se fizeram ouvir. Apagaram-se as luzes. Subiram-se as cortinas.

Um risco de luz azulada se desenhou no ar. Silêncio. Fingindo bater numa porta imaginária, uma mulher de guarda-chuva em punho surge no centro do tablado. Toc, toc, toc.

Quem é?, inquire uma voz feminina em resposta. Logo vemos uma senhora de cabelos desgrenhados, as roupas surradas, mais um menino descalço e sem camisa abraçado à perna.

Por obséquio. Eu queria falar com madame Crisálida.

Era a fala inaugural de Zulmira. Abro meu prospecto e leio o nome da atriz que fazia a personagem principal. Helena Lamarys.

Helena era Zulmira, e Zulmira, na peça escrita por Nelson, é uma personagem densa, o retrato da mulher rebaixada pela injustiça de um meio social predominantemente masculino, que sofre as pressões de uma culpa católica e é obrigada a reprimir a expressão do seu desejo em nome de uma pretensa santidade. Por isso, elege a própria morte como instrumento de vingança – contra a dor e a feiúra do seu mundo. Zulmira, em seu exterior, é uma mulher pobre e comum.

Já Helena era bonita. Mas duma boniteza comedida, frágil, sem forças ou especialidades. Nada nesta mulher chamava a atenção para Zulmira. Quando ouvíamos sua voz representando, tomávamo-la por golpes secos desferidos num tronco oco. Seus gestos, afetados, marciais.

Os passos, uma triste valsa. Passos grandes e floreados interrompidos pelo acaso dos objetos que compunham o cenário. Teria estudado teatro alguma vez na vida? Eu quase podia entrar na sua mente e imaginá-la sonhando ser Regina Duarte ou Glória Menezes, recebendo uma chuva de pétalas no final do último ato, o apupo consagrador e definitivo do público para a nova estrela dos palcos, em breve das tevês. E cadê a Zulmira que deveria surgir cheia de dor e inveja da prima que era pura? Quedê o seu grito e riso quase de loucura? Cedia, tímida, lugar para Helena Lamarys, a personagem mais importante que o personagem.

 A cada entrada de Helena no proscênio, o homem gordo de suspensórios explodia em palmas. Uma mulher, atrás de mim, cochichou para seu acompanhante, abafando a voz rouca com a mão fina em concha: – É o diretor. Um palhaço!

 Hipólito acertara seu vaticínio. A montagem fora um desastre. Mesmo assim, o público os aplaudiu de pé, saudando Helena como a primeira promessa do novíssimo teatro candango. O diretor chorava emocionado. Na saída, não vi Cassiano, não vi Bulcão.

 Eu ainda tinha nove ingressos e atribuí ao ócio a desculpa para minhas recaídas nas noites que se seguiram. Todavia, se não posso me defender argumentando que Helena melhorava a cada apresentação, preciso confessar que a paixão com que ela se entregava àquele exercício de mediocridade foi me conquistando suavemente, seduzindo-me.

Mas nada superou a última das exibições que assisti. Nela, vi Helena tornar-se a santa que Zulmira almejava. Ela era toda vibração. A voz concedia lugar às emoções mais profundas e verdadeiras e transformavam-na em outra, numa mulher que sofria por não ser o modelo de seu homem, uma mulher com o corpo castigado, impoluta, brigando para não desejar o próprio prazer, aceitando a culpa do sexo e, ao mesmo tempo, sorrindo. Fiquei sinceramente comovido. Ela, emocionadíssima em seu papel, emocionava. O diretor, sempre na primeira fileira, enxugava as lágrimas com um lenço no qual se viam as iniciais HL bordadas. Seriam namorados? Ou casados?

No dia seguinte, o Hipólito me contou que, na manhã que antecedera aquela apresentação, um jornalista assinara uma matéria na qual, com grandes, belos e sonoros adjetivos, saudava o diretor e exaltava a jovem atriz. Explicava-se a natureza e a dimensão do sorriso na face de Helena.

Esta nova descoberta me fez amar Helena mais ainda. Eu a amava pelo aspecto mais frágil de sua pessoa, a maneira inocente como permitia iludir-se, enganar-se. Um amor enviesado, na contramão. Encantei-me por sua debilidade, sua ambição. Haveria algo de mais humano? Não ter nem sombra de talento e ainda assim acreditar-se uma Cacilda Becker, Dulcina de Moraes ou Fernanda

Montenegro. Um ser tão encharcado de si e não obstante alheio, em certa medida, virginal. O seu querer, a sua certeza e fé deslumbravam-me. Eu também não estava metido na vala dos comuns? Não ignorava o tema a adotar em meu trabalho, o tema que por final me distinguiria? Helena me mostrava, batia na minha cara, afirmava com suas certezas que a ignorância, quando não destituída de vontade, era o agente propiciador da liberdade, a potencialidade em flor, aberta para a vida em toda e qualquer possibilidade. Estava ali descoberto o tema que eu perseguira. Agora, precisava pintar, calar de vez aquela angústia.

O suporte teria de ser necessariamente grande, um painel. Tomei do carvão e do pincel e dei tratamento ao tema, expandindo com docilidade o amor por essa mulher, construindo com linhas grossas e intermitentes o seu espaço cênico, revestindo-o de emotividade e nostalgia. As cores seriam claras como se fossem vazadas, permitindo a ação e o movimento criador. De dentro do palco viria a redoma, a luz do holofote ou da graça divina, o objeto intangível, o sonho perseguindo o artista. Um triângulo marrom, na metade superior da tela e à esquerda do centro, representaria um oratório, figura de onde minha santa deveria surgir. Pintei Helena com as tantas cores do seu pecado, o desperdício de sua vontade e convicção. Para isso, tive que quebrar a harmonia e economia das linhas com que pontuei todo o trabalho. Difícil traduzir, para quem jamais viu *O Pecado de Santa Helena*, a impressão que causava o contraste entre figura e geometrismo. Minha santa Helena era espalhafatosa mas fortemente impregnada de tristeza. Ela *sabia* que jamais chegaria a lugar nenhum. A beleza das cores e a expressão das linhas não enuviavam minha visão pessimista de sua condição.

Levei três semanas para completá-lo. No final, chorei. Era um quadro inigualável, uma verdadeira obra-prima.

Mas o que é a vaidade! Mesmo sem intenção de venda, eu levava meu painel para Feira da Torre, somente para me contentar com o espanto e a admiração que a obra causava. Num desses dias, Helena resolveu ir à feira.

Ela procurava artesanatos nas barracas vizinhas e viu meu quadro de longe.

Aproximou-se.

Eu, envergonhado, me escondi por trás dos óculos escuros.

Ela ficou ali, parada, fixando os olhos na imagem, absorta, compenetrada. Parada estava e parada ficou.

Arrisquei um sorriso em sua direção. Não respondeu, estática. Falei um oi. Silêncio. Levantei-me. Ela tirou os olhos da pintura e os lançou em mim. Inicialmente, desafiadores. Depois, amargurados. Enfim, olhos decididos. Estremeci. Ela se voltou e andou veloz em direção ao elevador. Um homem apareceu e desviou minha atenção para me perguntar o preço duma peça menor. Informei o valor. Ele quis levar. Pedi-lhe que aguardasse um pouco e corri atrás de Helena.

Ela, misturada a um grupo de turistas, entrou no elevador do mirante. Havia uma fila. Quando chegou minha vez de entrar também, a lotação se esgotou e as portas se fecharam. Aguardei, sem saber bem o que diria ao encontrá-la. Quando o elevador desceu, entrei. Passado menos de um minuto, ouvi o ascensorista anunciar a chegada. As portas se abriram e logo eu adivinhei que houvera acontecido algo de errado. Os turistas se acumulavam na amurada tentando olhar para baixo. Uma mulher, encostada na parede exterior do elevador, murmurava não estar respirando. Helena não se encontrava entre eles. Abri espaço no tumulto e uma forte dor se antecipou e me cobriu de vergonha antes que visse o corpo atirado ao chão.

III

– Mas isso está parecendo novela mexicana!

IV

Um ano decorreu até que conseguisse uma exposição individual. A principal atração era o meu *O Pecado de Santa Helena*, que, apesar de constar como *sem título*, tinha sido citado em artigos de revistas no Rio e São Paulo por críticos que me visitaram. Estava feliz da vida. Pela primeira vez um público de respeito apreciaria minha produção.

A galeria estava cheia. Eu me dividia entre os amigos, os interessados e os simplesmente curiosos. Pequenos grupos se detinham numa obra e outra. Barulho. Muito barulho. Quase não se ouvia o jazz tocando ao fundo. Uma voz arranhada de mulher, delirante. Um poeta envergonhado leu seu poema. Copos de cerveja e uísque esvaziaram-se. Palmas. Agora era uma dançarina e um samba. Alguém leu um discurso pela liberdade da arte. Outro improvisou contra o governo. Risos e raivas juntos. Novas palmas. Voltaram a observar os quadros em magotes, bebendo e apontando. Era a arte e era a vida.

Naquela movimentação louca, pulsante, eu já não respirava. Só pensava na minha obra-prima e em como tudo era menor perto dela. Imagine meu estupor quando vi aquele homem gordo, de aparência cansada, olhos contritos, barba por fazer, os dedos correndo lentos pelas alças dos suspensórios, para cima e para baixo, fitando o painel por sobre os ombros de outros curiosos.

Os dedos esqueceram os suspensórios. A boca disse um não. Ele tirou uma navalha do bolso – a lâmina reluzente – e, num salto firme, abriu espaço entre os demais, atravessando minha Santa Helena... Meu painel... A Helena dele... A falecida... Helena Lamarys!

Depois do primeiro talho veio o segundo, o terceiro e tantos e seguidos golpes que eu não agüentei mais ver nem contar. As pessoas em volta, paralisadas. O homem, louco. Seu braço dançava a música soberba da morte, rápida e infatigável. Eu, sem ação.

Quando os vigias chegaram, não existia mais quadro.

Com um sopapo tomaram-lhe a navalha. Depois, imobilizaram-no, deitando-o de bruços no chão liso forrado de trapos. Um jovem, imperioso, gritou que o soltassem, pois aquilo havia de estar previsto, deveria integrar o evento, ser uma proposição estética, um *happening*! Aturdidos, os vigias se desvencilharam do homem, recolheram as mãos.

Ele ficou caído de joelhos, indefeso. Eu queria acusá-lo de insânia, queria agredi-lo. Porém temia enfrentar os seus olhos. E, ao mesmo tempo, me sentia embevecido também. Minha pintura não fora um retrato fiel de Helena e eu omitira seu nome do público. Aquele homem compartilhara exatamente de minha intenção artística, meus pensamentos. Fora o mesmo que se sucedera com a pobre atriz.

O diretor de teatro, marido ou amante de Helena Lamarys, saiu da galeria sem o menor esbarrão.

V

– Os jornais noticiaram o acontecido?

– Sim. O Hipólito quis aproveitar o acontecido para se manifestar publicamente contra uma juventude permissivamente despreparada e chamou o diretor de agente terrorista do reacionarismo pequeno-burguês. O jornal rival, por sua vez, defendeu o ponto de vista que meu painel era inócuo e que sua destruição era um ato de justiça quanto à força e beleza das artes plásticas brasileiras. Trocaram xingamentos bem comportados em duas novas respostas e, depois, esqueceram o motivo da contenda para agredirem unicamente um ao outro.

– Excelente! Veja que o painel lhe serviu para alguma coisa, fez propaganda.

– Mas o sucesso que obtive não me trouxe paz, Ricardo. A despeito da fama, tudo o que pintei após o incidente foi inferior, inconcluso. É como se eu tivesse caído do alto de uma escadaria e não tivesse forças suficientes para voltar.

– E a réplica? O que você pretende fazer com ela?

– O mesmo que fiz com todas as outras.

– E o que foi?

– Eu as destruí.

– ...

– Quem sabe um dia eu consiga ir além do esboço? Infelizmente, não foi o caso desta. Faça-me um favor, garoto. Passe-me o formão... Aí, nesta caixa, à sua esquerda!...

– Felipe, eu poderia olhar o painel mais uma vez?... Antes de você...

– À vontade.

– Engraçado...

– O que é engraçado?

– Mesmo com toda sua história, eu não consigo olhar para ele e ver tudo o que você falou...

Isso não me surpreende, Ricardo. Mais me espantaria o contrário.

FIM

LIMA TRINDADE é candango. Nascido sob o signo de Capricórnio, ascendente em Gêmeos, lua em Touro, tem trinta e oito anos de gibis, rock e livros (exatamente nesta ordem). Hoje vive numa ponte entre Brasília e Salvador, pegando estradas (morre de medo de aviões) e terminando mestrado em Letras na Universidade Federal da Bahia. Fanzineiro na juventude, editou o folhetim poético *Huguy Rupi* com o poeta Sandro Ornellas, que, tal como a mitológica *Orfeu* de Pessoa e Sá-Carneiro, deu lume a três números incompletos. Depois, caiu no mundo virtual. Participou da revista *Bras-ilha* e em 1998; junto com o guitarrista, poeta e tradutor Wilton Rossi, criou a *Verbo21* (http://www.verbo21.com.br/), revista que edita até hoje. Publicou textos em jornais e revistas, como *Correio Braziliense* (DF), *A Tarde* (BA), *Revista de Contos Bestiário* (RS) e *Revista LSD* (Uruguai), entre outros. Possui mais dois livros prontos: *Supermercado da Solidão* (novela), publicação prevista para 2006, e *Corações Blue & Serpentinas* (contos).

Agradecimentos

Pela leitura de uns e torcida de outros sou grato a Alexandre H. C. de Jesus, Állex Leilla, Anna Amélia de Farias, Edevaldo Ferreira, Ésio Macedo de Ribeiro, Fernando Fernandes Filho, Geraldo Lessa, Grazielle Carvalho, João Silvério Trevisan, Nelson Luiz Nascimento, Pedro L. Egler, Ricardo Lobato, Sandro Santos Ornellas, Sidney Paulino (em memória), Suênio Campos de Lucena, Walmir A. Rodrigues, Wilton Rossi e, especialmente, a Grácia Maria C. Quintas e a todos os meus familiares que, de um modo ou de outro, acreditaram.

São Paulo, Brasil, dezembro de 2005.

Revisão: Cristina Marques
Formato: 13 x 21 cm
Tipologia: Bulmer MT
Papel de miolo: Pólen Soft 80 g/m²
Papel de capa: Cartão Supremo 250 g/m²
Número de páginas: 168
Impressão e acabamento: Lis Gráfica

Imagem da capa livremente inspirada na obra Espírito Santo, *de Aleijadinho.*